実録都市伝説
～社怪ノ奇録

鈴木呂亜
黒木あるじ　監修

竹書房文庫

目次

村の噂

墓のない村

こんな噂を、あなたは知っているだろうか。

その男性は長らく勤めていた会社を早期退職し、とある村に夫婦で移住した。縁のない場所だったが、格安で売りに出されていた古民家に飛びついたのである。憧れの田舎暮らし、生活が落ち着いたら家を改装してカフェでもやろうと思っていたそうだ。

ある日、彼は山菜を採ろうと近所の人に教えてもらった裏山の穴場へ向かった。前回はその人も同伴だったのですんなりと辿り着いたが、どうやら道を間違えたようでいつまで歩いても見つからず、しまいには知らない丘に到着してしまった。

遭難という言葉が頭をよぎった男性は、とっさに目の前にあった一本の巨木に登り始めた。高いところから見渡せば、村の位置が分かるだろうと踏んだのだ。

枝を掴み、幹のコブに足をかけながら数メートルほど登ったところで、村の家々の屋根が遠くに見えた。ほっとした次の瞬間、彼は巨木の幹に開いた大きな洞《うろ》の存在に気付いた。

穴は直径一メートル以上、洞窟の入口のような具合になっていた。

(フクロウとかリスとか、動物が巣でも作っていないかな)

そんな期待に胸躍らせ、彼は首を伸ばし穴の中を覗き込んだ。だが、そこには鳥も獣もいなかった。薄暗い穴の底には枯れ葉や蜘蛛の巣に混じって、人間のものにしか見えない頭蓋骨や粉々に砕けた白い骨のかけらが散乱していた。ざっと見ただけでも、骨は一人や二人のものでは無いように感じられた。

彼は慌てて木から下りると、骨の事を知らせに村へダッシュで向かった。何らかの事件の痕跡だと考えたからだ。

ところが、話を聞いた村人は「ハカノキだ」と驚く様子もなく平然と答えた。

「あそこは死んだ村の者を投げ込む場所だ。昔からそうしてきたんだ」

その言葉を聞いて、男性はこの村で墓地を見た記憶がない事に気が付いた。

大騒ぎしたせいか、その日を境に村の人間の態度が目に見えてよそよそしくなった。

妻も何かを感じ取ったようで半年ほどして「引っ越したい」と言い出した。男性はすぐに家を売り払い、都市部へと戻った。

「もしこの村で死んだ場合、あの木の穴に投げ込まれるかもしれないんだと思ったらゾッとしちゃって」と、彼は引っ越しの理由を教えてくれた。現在その家には自分と同じように、都会からやって来た人物が住んでいるはずだという。


荒唐無稽な話に思えるが、世界に目を向けてみるとそうでもない事が分かる。

アフリカのリウォンデ国立公園にある丘には、リーパーツリーと呼ばれる一本の巨大なバオバブの木がある。このバオバブの幹は、まるで深い穴のように大きく窪んでおり、その底には何と無数の人骨が転がっている。

ここはハンセン病で亡くなった人間の死体を投げ捨てる場所だった。

周辺の村では「ハンセン病で亡くなった者は墓に入れてはいけない」という慣習があり、そのために、巨大なバオバブの穴へ死体を捨てていたのだという。この忌まわしい慣習は一九五〇年代まで続いていた。

現在でも、この木の穴には人骨が放置されている。

世界の噂

アメリカ横断怪奇ツアー・その一

　半年前、私（鈴木）は念願のアメリカ旅行に出かけた。中西部を中心に三週間のスケジュール。観光地らしい観光地は巡っていない。古書店で奇妙な事件を扱ったペーパーバックを漁ったり、地元新聞社で過去の奇妙な記事を見せてもらったりと趣味を満喫してきた。おかげで旅行前に予想していたより多くの奇妙な噂を蒐集できたので、この場を借りて紹介してみたいと思う。どうせだから全州の噂があった方が面白いだろうと思い、今回集めた話以外も載せている。さすがは広大なアメリカ、州によって噂の性質がまるで違う。そのあたりも楽しみながら読んでもらえると嬉しい。

ミネソタ州

州中西部に位置する人口三百人ほどの町、ヴェルガスには「ヘアリーマン」という男の噂がある。日本語にすれば「毛深い男」という意味になるが、その名前の通り、この町の森では、毛むくじゃらの巨人（その身長は何と二メートル半だそうだ）に遭遇したという情報が昔から絶えない。

町の住人ジョリン・ハンソンは一九七二年に従兄弟とスノーモービルで遊んでいた際、荒れはてた山小屋から獣のような姿の大男が飛び出して来るのを目撃している。その男は全身が長い毛で覆われており肩幅が異様に広く、冬だというのに裸足《はだし》だった。また、別の住人ケン・ジットロウは夜間にこの森を車で走っていた際、動物と見間違えそうな風体の男に襲われたと告白している。男は車の正面に飛び乗って、拳で車の天井をへこむほどの力で殴りつけ、逃げていったという。

これらの証言だけなら「ヘアリーマン」は哀れな放浪者か心を病んだ人物とも考えられる。しかし、町でガソリンスタンドを経営する女性キム・ドイルが、別な住人から譲り受けた「あるもの」のおかげで、その可能性は低くなった。

彼女が貰ったのは非常に奇妙な形をした頭蓋骨だったのだ。もとの所有者（匿名希望の男性）によると、これは「ヘアリーマン」のもので、彼自身もヴェルガスに古くから住む家族に渡されたのだという。

頭蓋骨は目鼻の位置こそ人間と同じだが、それ以外はまるでヒトと似ていなかった。また、鼻腔《びくう》が極端に大きく、反対に眼窩《がんか》は異様に小さかった。

この頭蓋骨の写真を鑑定した動物学者ケン・ガーハードは「本物かどうか写真だけでは判断できません」としながらも、「頭蓋骨は人間に似ていますが、不自然な箇所も多いですね。まず、脳が入るのに十分な空洞がない事、鼻腔の骨がない事などです」と、結論を保留している。

二〇一二年には、ケーブルテレビチャンネルＳｙＣｙのテレビ番組がこの森を調査し、「ヘアリーマンは、単なる噂ではない可能性が高い」と結論付けている。

ヴェルガスでは現在もしばしば奇妙な動物の死体が発見されているが、地域住民はヘアリーマンの仕業だと信じ、「彼は今も生きている」と主張している。

ニューヨーク州

バミューダ・トライアングルは、船を航行不能にさせ飛行機の計器を狂わせる魔の海域として知られている。しかし、この奇妙な現象が孤独な海上ばかりで起こるとは限らない。大都会ニューヨークにもバミューダ・トライアングルと同じようなエリアが存在するのだ。

そのエリアとはエンパイア・ステート・ビル。ニューヨークの五番街に建つ、一〇二階建ての超高層ビルだ。このビル周辺を走っていた自動車が突然制御できなくなるという奇妙な事例を、大手フォックスニュースやニューヨーク・デイリーニュースが報告している。

例えば二〇〇八年、あるタクシー運転手は「このビルから五ブロックほどのエリアで、自分や同業者の車が次々に操作できなくなった」と訴えている。奇妙な事にビルから離れると車は再び普通に動き出すのだという。また、16パークアベニューのドアマン、マーティンデダという男性も「少なくとも週に十回程度は車が牽引されるのを見た。異常な数だ」と証言している。

麻薬取締官のエイブ・クイノネスは「二〇〇二年、捜査のためこのビルの南側に車を停めた際、何度キーレスリモコンを押してもドアが開かなくなった。手動でなんとかこじ開けてビルから離れるとリモコンは問題なく動作した」と証言。投資銀行家のライアン・グティエレスは「友人のジープがこのビルの前で動かなくなり、彼はしぶしぶ五百ドルを払ってSUVをレンタルした」と語っている。

では、この奇妙な現象の原因は何だろう。市内で自動車修理会社を経営するケロニー・ヤアコボビッチは「その奇妙な現象はほぼ毎日起こっていた」と主張し、「エンパイア・ステート・ビルに設置された放送用のアンテナが何かしら影響しているのではないか」と答えた。

事実、二〇〇一年九月のテロによりツインタワーが破壊されたため、エンパイア・ステート・ビルは商業放送用の主要な送信場所になった。十三のテレビ局と十九のラジオ局がビルの尖塔にアンテナを取り付けている。つまり、この電波が車に干渉しているのではないかと人々は疑っているのだ。

エンパイア・ステート・ビル社はニューヨーク・デイリーニュースの取材に対して、噂を全面否定。しかし「アンテナのリストを提供してほしい」という希望は拒否している。ビルには何か隠すべき秘密が眠っているのか、本当に車は動かなくなるのか。
もしもニューヨークに行く機会があれば、ぜひあなた自身が確かめてほしい。

メイン州

私が今回の旅行で実際に聞いた、メイン州では非常に有名な噂だそうだ。アンドロスコッギン郡に、サバタスという人口四千人ほどの町がある。このサバタスのはずれ、かつての墓地跡に古い井戸が放棄されていた。

九十年代はじめ（もっと前の出来事という説もある）、この井戸を探索するために十代の少年たち数名が集まった。そのうちの一人が代表に選ばれ、ロープを縛り付けたタイヤにまたがる形で井戸の中へと降ろされた。まもなくタイヤに乗った少年の影は穴底の暗闇に溶け、何も反応しなくなった。仲間の呼びかけにも答えず、ロープの振動も静かになって、そのまま静寂が過ぎた。

恐ろしくなった少年たちは急いでロープを引き上げる事にした。やがてタイヤが井戸の上にすべて出てきた時、彼らはそこに掴まっているのが数分前に見送った友人だとは信じられなかった。タイヤにしがみ付く少年の髪は真っ白、顔は皺だらけになっていたからだ。彼はわずか数分を過ごした暗闇で、数十年分の歳を取るほどの何かに遭遇したのだった。

その正体が何であるかを知る手段はもう無い。少年は現在、郡の精神障がい者施設に収容されてしまったという。その施設を訪ねると、病室の窓からこちらを眺め、鉄格子を掴んで絶叫する彼の姿が見えると噂されている。

私はこの話を教えてくれた人物に「髪が一晩で白くなるという噂は昔からありますが、科学的に有り得ない現象だそうですよ」と告げた。しかしその人は笑いも怒りもせずに、「科学的に有り得ない出来事を体験したら、有り得ない事だって起こるさ」と答えた。

ワシントン州

ホワイトハウスに出るワシントン大統領の幽霊やフォード劇場を歩くリンカーン（彼はここで暗殺された）など、首都ならではのゴースト・ストーリーが豊富なワシントンDC。その中にあって、やや毛色の変わったスポットが国立犯罪・刑罰博物館だ。犯罪に使われた銃やパトカーでの追跡体験ができる魅力的な施設だが、その一角には一脚の電気椅子がある。百人以上を処刑した、本物の電気椅子である。

「オールド・スモーキー」と名付けられたこの椅子は、テネシー州立刑務所で実際に一九一六年から六〇年まで使用されていたもので（しかも材料に使われたのは、絞首台の木材だった）正確には百二十五人の死刑囚がこの椅子によって刑を執行された。そして、無人の状態で展示しているにもかかわらず、来場者の少なくない数が「マネキンが座っていた」と証言しているのだ。そのマネキンは全身が真っ黒、まるで黒焦げにされたような姿だったという。

実は「オールド・スモーキー」にまつわる奇妙な噂は、展示される前から存在していた。一九八七年、テッド・ラッチャーという技術者がこの電気椅子を修理していた時の事だ。作業を終え、彼は仕事を果たした証拠として、電気椅子をカメラで撮った。するると現像されてきた写真には、苦痛に歪んだ顔が写っていたのである。

残念ながら博物館は二〇一五年で閉館、その展示品の多くはテネシー州のアルカトラズ東部犯罪博物館へ移設された。しかし奇妙な事に「オールド・スモーキー」は展示されておらず、代わりにミニチュアのレプリカが飾られている。くだんの電気椅子が用いられた地元なのにである。理由は分かっていない。

アリゾナ州

これも今回の旅行で入手した、「虐殺の家」と地元で呼ばれている話だ。

アリゾナの古い町、キングマンの南東にルアナ峡谷がある。ゴールドラッシュ最盛期の一八〇〇年代、この渓谷の小屋に若い夫婦と子供たちが住んでいた。夫は黄金と食料を探して山へ出かけ、二週間ほど家を空けるのが常だった。小屋の周囲は厳しい環境だったため、家族が得られる食料は夫が狩猟で持ち帰るものだけだった。

ある日、いつものように夫は黄金の採掘と狩猟に出かけた。しかし、山道は険しく天気も崩れ、旅は困難を極めてしまう。結局夫は一ヶ月の間、帰宅できぬまま渓谷を放浪する事になった。

留守を任された妻は、じりじりと食料が消えていくのを見守るしかなかった。やがて、食べ物はひとつ残らず無くなってしまう。腹を空かせた子供たちは、一日中泣き喚いた。何とかして食べ物を手に入れなければ。妻は悩みに悩み、まもなく正気を失ってしまった。彼女は婚礼の時に着用したウェディングドレスを身につけると、飢えた我が子を刺し殺し、小さな体をバラバラに刻んでしまった。小屋の壁もドレスも真っ赤に染まっていた。

その後、最大の不幸が訪れる。彼女は正気を取り戻してしまったのだ。血だらけのまま小屋を飛び出した妻はルアナ峡谷で泣き叫んだ。翌朝、絶望の末に餓死するまで絶叫し続けた。

その日以来、キングマンの人々は、ルアナ峡谷で何度となく女の泣き声を耳にしている。静かな夜には風に乗って、声が街まで届く事もあるそうだ。

この話を教えてくれた男性も「三回ほど妙な叫び声を聞いた経験がある。単なる伝説や昔話だとは思っていない」と言う。

「だって渓谷は何百年も姿を変えていないんだ、彼女も風化するはずがないだろう」

ハワイ州

ハワイの歴史は、日系移民の歴史でもある。日本の様々な風習が島々に根付き、独自の文化に生まれ変わった。そんな文化の中には、奇妙な噂も含まれている。

何とハワイには「ムジナ」の目撃談がある。我々が怪談や落語で見聞きする、いわゆる「のっぺらぼう」の話だ。ハワイでもそのまま「ムジナ」や「ノッペラボー」と呼ぶ。

一九五九年、ある女性がカハラのワイアエラ・ドライブインシアターを訪れた。化粧をするためトイレに入ると、一人の女が鏡に向かって真っ赤な髪をとかしている。女性は、赤髪の女が立っている真横の洗面台へ近づき、何気なく横目で隣を見た。すると女には目も鼻も口もなく、つるつるとした顔だけがあった。女性はすぐトイレを飛び出したが、神経衰弱に陥り入院してしまったという。この奇妙な出来事は、ハワイの新聞「ホノルルアドバタイザー」の記者ボブ・クラウスが記事にして評判となった。

長らく単なる噂だと思われていた「ムジナ」だったが、ハワイの民俗学者グレン・

グラントが一九八一年にラジオのインタビューを受けた際、「体験者本人から、より詳細な状況を聞いている」と話して話題となった。彼によれば島のいたるところから、これと同じ話が届いているのだという。

面白い事に「顔のない女」はハワイでは幽霊だと思われている。先ほどのドライブインシアターは、墓地の隣に建っていたため（現在すでに閉館した）そのような解釈になったらしい。目撃談の多くは女性用トイレだが、中には誰もいない売店のドアが叩かれたという話や、鏡に顔のない女が映ったという報告もある。現在も彼女は島のどこかに出現しているのだろうか。

ウィスコンシン州

日本の犬鳴峠や杉沢村などと同様、アメリカにも奇妙な噂のつきまとう場所が存在する。ウィスコンシン州マスキーゴ近郊のハウンチビルがその代表だ。この場所には小人伝説がまことしやかに伝わっている。とはいっても童話に出てくるような可愛い小人ではない。ハウンチビルに住むそいつは、侵入者の足を斧で切断してしまう。

マスキーゴの住人によると、小人たちはもともとサーカスに雇われていた、極端に背の低い人間であったらしい。彼らはこき使われていたが、ある日とうとう耐えかねてボスを殺害し、森の奥でひっそり暮らしているのだという。

なかなか興味深い話だが、好奇心に負けて近づくのは得策ではない。彼らの小さな家に辿り着いた人間を、小人たちは仲間にしようと考えるからだ。つまり、訪問者の足を切り落とし、自分たちと同じくらいの身長に変えてしまうのである。もちろん、逃げる事は永遠に不可能となる。

これまでにハウンチビルの小人から逃げ延びたのはたった一人だと言われている。その人物（正確には、その人から話を聞いたと主張する者）によれば、付近には人間のウエストほどの高さしかない標識が立っており、それを辿ると一軒の納屋にぶち当たるのだそうだ。納屋の周囲には小さな足跡がいくつも残っていて、トウモロコシ畑の奥に続いている。その先に、小人たちの住処があるらしい。また噂によれば、この納屋では五十年以上前に一人の男が自殺しているのだという。彼は内壁に自分の血で「ハンチーズにやられた」と書き残していた。それが、小人の噂の元になったのだと言う人もいる。

しかし地元警察はこれらの話を全て否定。ハウンチビルの小人を探しに来る者が後を絶たない事から「彼らの行動は不法侵入にあたり、三百ドルの罰金が科される」と警告している。それでもなおマスキーゴを訪れる者は現在も多い。そして、そのほぼ全員がその後は何も報告していない。

続報が無いのは、何も見つけられなかったからか、それとも……。

テキサス州

あなたがどうしても奇妙な現象に会いたいなら、テキサス州南東部のガルベストン島にあるホテル・ガルベスへの宿泊をお薦めする。ホテルの廊下には町名の由来となったスペイン軍指導者、ベルナルド・デ・ガルベスの肖像画が掛けられており、この絵には奇妙な噂がつきまとっているのだ。客の多くやホテルの従業員が、「ガルベスの目が自分を追いかけてきた」と主張し、「絵画に近づいた際に寒気や不安を感じた」と訴えている。

そんな曖昧な現象では満足しないという方も安心してほしい。この肖像画、「撮影させてください」と絵に許可を得ない限り、カメラを向けても絶対に写らないのだという。何度シャッターを押しても、ピントがボケてしまったり、あるいは不可解な霧や縞模様が写ったり、骨格のような影が全面を覆ったりするそうだ。

過去にこの真偽を解明しようと、超常現象調査チーム「ストレンジタウン」が肖像画の前で実験を行った。すると、絵に対して乞い願うまで一枚の写真も撮れず、ビデオカメラも一切動かなかったのだという。

このホテルは、他にも様々な幽霊の逸話が残っている。無事に朝を迎える自信があれば、あなたはこのホテル・ガルベスで最高の体験ができるに違いない。

アラスカ州

ニューヨークの三角地帯は車が動かなくなるだけで済んだが、これから紹介する「バミューダ・トライアングル・オブ・アラスカ」は恐ろしさの桁が違う。何せ、実際に何万人もの人間が消失しているのだから。

北の果てに広がる魔の三角地帯は、南東部のジュノーとヤクタから、北部のバロー山脈、そしてアンカレッジの三点を結ぶ広大なエリアを指す。

ここでは過去五十年でおよそ二万人が行方不明となっている。具体的に挙げると二〇〇七年には二千八百人あまりの行方が分からなくなった。これはアメリカ全土の平均と比較しても約二倍、当時のアラスカ州の人口およそ六十万人だったので、二百人に一人が消えている計算になる。

そのシチュエーションも多種多様だ。

徒歩で消えた者、ボートに乗ったまま居なくなった者、車ごと消失した者など。最も有名なものでは、一九七二年に下院議員のヘイル・ボッグスとニック・ベギックを乗せたセスナが、この付近で行方を絶ったケースだろうか。四百機もの空軍機と沿岸警備船十二隻がおよそ四十日間に渡って捜索したが、今日に至るまでボルトの一本も発見されていないのだ。ボッグスらだけではない。このエリアで消えた人々の大半が、何の痕跡も残していないのである。

これほど不可解な大量失踪とあって「これが原因ではないか」と提唱された仮説もまたバラエティーに富んでいる。強い磁場がコンパスや機械を狂わせるという説や、米軍の秘密実験の影響で幻覚や幻聴を引き起こしているという説。大規模犯罪組織による誘拐説、現地で古くから信じられている悪霊クシュタカの仕業説、そしてビッグフットに似た巨大猿人オットーマンに襲われたという説……何となく信憑性のあるものから荒唐無稽な話まで、非常に幅広い。

当局は、当然ながらいずれの仮説も採用していない。アラスカ州の自然があまりに広大で（連邦が荒野に指定した土地の半分以上はアラスカ州にある）、そのため多くの訪問者が迷うのだと結論付けている。それらしく聞こえるが、車や飛行機まで消える原因としては納得のいくものではない。

理由が何であれ、この三角地帯で毎年四桁の人間が居なくなっているのはれっきとした事実。そう、この本をあなたが読んでいるこの瞬間も誰かが消えているのだ。

アラバマ州

ホテルに出没する幽霊は多いが、アラバマ州セルマにあるセント・ジェームズホテルは別格と言って差し支えないだろう。一八三七年創業、州で最も古いこの宿泊施設は「幽霊の出る部屋とその人物」を公表しているからだ。

もしあなたがここに予約を取ったなら、ルームナンバーを214、または314、あるいは315にしてくれるよう頼んでみるべきだ。これらの部屋には、西部開拓時代の無法者、ジェシー・ジェイムズが姿を見せると言われている。銀行強盗として名を馳せたジェイムズは義賊的な面が人気を博し、庶民からヒーローとして扱われていた。その人気を証明するように、彼が世界初の銀行強盗に成功した二月十三日は「銀行強盗の日」になっている。

そんなジェイムズが愛したのがこのホテル。一八八一年に施設を買い取ったベンジャミン・スターリングタワーはジェイムズに心酔しており、彼とその仲間が泊まる事を喜んで許可した。先ほど挙げた三つの部屋は、ジェイムズ一派のお気に入りの部屋だった。

ジェイムズは一万ドルの賞金に目が眩んだ仲間に裏切られて、ホテルに泊まった翌年の一八八二年に射殺された。まもなくホテルも財政難で閉鎖、再開されたのは実に一世紀も後の一九九七年だった。

だが、ジェイムズ一行はよほどこの宿が気に入っていたと見えて、再開後すぐに客の前へ登場するようになったと言われている。

２１４号室に泊まった客の多くは、どこからともなく漂うラベンダーの香りを確かに嗅いだと証言している。ラベンダーはジェイムズの恋人が生前、好んで着けていた花だった。３１４号室では一八〇〇年代の衣装をきた男がたびたび目撃されており、３１５号室では黒い犬の影がしばしば報告されている。ジェイムズが飼っていたのも、全身が黒い犬だった。

私もここに宿泊を試みたが、残念ながらその日は三つの部屋はすでに空いていなかった。しかしフロントマンは「安心してください」と私に言った。

「ジェイムズはバーの決まった席に頻繁にやって来るのです」

その言葉を信じ真夜中までバーで粘ったが、結局世紀の大悪党と会う事は出来なかった。やはり幽霊を信じていない人間の前には、姿を見せないのかもしれない。

もしあなたが霊魂の存在を信じ、怪談を好む人ならば、ぜひこのホテルに泊まってみてほしい。目撃後には情報提供者である私への報告も、お忘れなく。

食べ物の噂

奇妙な肉の話

アメリカ旅行に赴いた今回、フライドチキン店の多さに大変驚いた。現在ではアメリカのソウルフードとなったフライドチキンだが、元々は黒人奴隷が鮮度の悪い肉を処理するために油で揚げていた（ヨーロッパでは揚げ物は下層民の食事だったらしい）ものが、肉体労働に従事する白人へ伝わり、やがて現在のようなスパイスや調理法を凝る形に発展したのだという。

二〇一九年現在、大手フライドチキンチェーンのKFCは世界各国に二万店を展開。本国アメリカでの店舗数は第八位と躍進している。また、米国内では健康志向の高まりによって高タンパク食の鶏肉が数年前から流行しており、「チック・フィレイ」や「ウイングストップ」「レイジング・ケインズ」など、KFC以外のフライドチキン店も売り上げを伸ばしている。

だが、それだけ大衆に支持されるという事は、奇妙な噂の発生源になるという事でもある。事実、食肉に関する噂は多い。

フライドチキンの噂で最も有名なのは、「四本足（または六本足）の鶏《にわとり》」だろう。「大手フライドチキン店では効率よく食肉を得るため、足が四本、羽根が六枚の鶏を遺伝子操作で作り出している」というものだ。最近では「チェーン店に供給される鶏は、生まれた時から目もくちばしもないグロテスクな形状をしている」という、更に過激なバージョンも広まった。

「あれほど大量の鶏肉を提供するからには、何か裏があるに違いない」と疑心暗鬼に陥った人間が言い出したのだろうが、当然ながらこれは根拠のないデマだ。ブロイラーを全羽改良できるような遺伝子技術は確立されていない。多足を持つ鶏の画像がネットに出回る事もあるが、そのほとんどは合成写真か、または何十万羽に一羽程度の遺伝子異常で、自然界でも普通に見られるものだという。

この噂は様々な国でアレンジされて伝わっている。フィリピンではシオパオという肉まんに似たホットスナックが人気だが、このシオパオを提供している中華系レストランの肉は猫のものだ、という噂が一時期広まった。むろん無根拠な噂なのだが、背景には華僑《かきょう》との軋轢《あつれき》があるというから事情はなかなか複雑だ。

ただし、この手の噂を鵜呑《うの》みにして広めると手痛い目に遭うのでご注意を。

「北京新報」の記事によれば二〇一五年、世界的フライドチキンチェーンのＫＦＣチャイナが、中国のＩＴ企業三社を「都市伝説を流布した」罪で訴えている。このＩＴ企業は「ＫＦＣのチキンは遺伝子を操作されており、足が八本、羽根が六枚ある」と画像付きで記事にしていた。しかし、調査したところ記事は憶測に過ぎず、写真も質の悪い合成だった事が判明。ＫＦＣは三社にそれぞれ三千万円の損害賠償と謝罪を求め、裁判でその訴えが認められている。


一九八〇年代には、以下のような噂がアメリカ南部で広まった。

教会で貧困層に提供されるフライドチキンは、実はＫＫＫ（白人至上主義の秘密結社）の策略だというのである。その目的は、黒人の根絶。彼らは黒人男性の妊娠を阻むため、教会へ卸すフライドチキンに精子が育たなくなる薬をこっそり入れていたというのだ。

この噂を支持する人々は「教会にフライドチキンを提供しているレストランは、新聞やテレビに広告を掲載していない」「黒人貧困層が多い地域ばかりに出店している」

などを証拠に挙げている。こちらも先のデマ同様、「あんなに安く広告費もかけずに店を維持できるのはおかしい」なる疑念から囁かれるようになったものと思われる。あるいは白人に恐怖した黒人の側から発生したものかもしれない。噂の多くは、猜疑心から生まれるのだ。

ちなみにこの噂は、九十年代になると「トロピカルファンタジーという清涼飲料水に、黒人の精子を殺す成分が混ざっている」という話に変化した。チキンと同様、この飲み物はコーラなどに比べてはるかに安かった（コーラが八十セント前後であったのに対し、トロピカルファンタジーは五十セント）。

当然これも安さに疑いを持った無根拠なデマなのだが、販売会社の売り上げは激減してしまったという。まさしく風評被害というやつだ。

噂ばかりではなく「鶏に関する奇妙な事件」も存在する。

一九四五年、コロラド州の農家で一羽の鶏が食肉に加工されるため、首を切り落とされた。ところがこの鶏、頭がない状態で周囲を歩き始めたのである。

飼い主は首のない鶏に「マイク」と名付け、新聞や雑誌に売り込んだ。

首なし鶏マイクはその後もおよそ一年半に渡って生き続け、飼い主は何と一千万円以上稼いだといわれている。

あまりに異様なビジュアルのせいか「トリックに違いない」「毎日違う鶏と交換していたのでは」などと真偽が疑われてきた首なし鶏マイクだが、七十年あまりを経て、ようやく真実だと立証された。

二〇一八年、タイで「頭を失ったまま走り回る鶏の動画」がネットに公開され、話題となったのである。所有者によれば、獣医のアドバイスに従い首の切断面に抗生物質を投与したおかげで、首なし鶏は一週間が過ぎても元気であったという。内臓機能を司る脳幹が残っていれば理論上は有り得る話だとの事だが、研究者によれば「成功する確率は極めて低いので、飼育している鶏で実験するのはお薦めしない」そうである。

鶏肉ついでに、豚肉の奇妙な噂も一つだけ紹介してみたい。

ハワイ州のオアフ島には「豚肉を運んではいけない道」が存在するのだという。ホノルルからウインド・ワード・オアフを結ぶ、パーリ・ハイウェイと呼ばれる道路がそれだ。

この道を走る際に豚肉を積んでいると、必ず自動車がある地点で動かなくなり、豚肉を廃棄するまでエンジンが絶対に復旧しないらしい。中には白い犬や老婆が警告をしに現れるという話もある。この噂は、火山の女神であるペレが、人間の体に豚の頭を持つ神カマプアアと争っていた伝説に起因するのだそうだ。

たかが伝説と侮《あなど》るなかれ。独自の信仰が今も残るハワイでは、この話を信じている人間が非常に多い。もしあなたが豚肉パティ入りハンバーガーを食べながらバスに乗った場合、高速道路の途中で降ろされても文句は言えないのだ。

最後に、とても奇妙で不気味な、肉にまつわる事件を紹介しよう。

一八七六年、ケンタッキー州に住む女性が自宅の庭で奇妙な現象に遭遇した。突然、無数の肉片が雨のようにバラバラと降ってきたのである。肉片はいずれも二インチほどのサイズで、色から察するに新鮮なものに見えたという。たまたま現場に居合わせた勇敢な男性二人が試食したところ、肉はマトンか鹿、もしくは熊肉のような野趣あふれる味だったそうだ。

この肉片はレオパルド・ブランダイスという博士を介して、検査のためにニューアーク科学協会へ送られた。すると、肉片を検査したアラン・ハミルトン博士から、以下のような驚くべき返事が届いたのである。

〈この肉片は、馬か、あるいは……信じたくはありませんが、人間の幼児の体組織ではないかと思われます。サンプルの肉片のうち、二つは肺組織、三つが筋肉組織、残りの二つが軟骨です〉

分かったのはそこまで。この馬あるいは幼児の肉片がなぜ空から降ってきたのかは不明のままだった。ハゲタカが獲物を吐き戻したという説や竜巻に運ばれてきたという説など諸々の説が提唱されたものの、いずれも確信には至らなかった（しかも当日は快晴で雲一つなく、鳥の影も目撃されていないのである）。

空から肉の雨が降ってくるとは、何とも安上がりでありがたい話に思えるが、もしそのような状況に遭遇しても、迂闊《うかつ》に食べない方が賢明なようだ。

未解決の謎

偶然にしてはあまりにも

第一次大戦におけるイギリスの戦死者は判明しているだけで八十八万人あまりと、膨大な数にのぼる。

ところがこの戦争で最初に死んだイギリス兵の墓と、最後に戦死したイギリス兵の墓はわずか六メートルしか離れていない。おまけに彼らの墓石は真正面を向きあっている。偶然なのだろうが、その確率は天文学的な数字である。

たまたまであっても、私たちはあまりに奇妙な偶然には何かの意味を求めてしまう。この項では、そんな奇妙すぎるがゆえに語り継がれてきた偶然の数々を集めてみた。

十九世紀のオーストリアで活躍した画家ジョセフ・アイグナーは、奇妙な偶然により命を何度も救われている。

一度目は十九歳の時。当時、人生に悲観していた彼は首吊り自殺を試みる。しかし決行直前、通りがかりの若い僧侶に説得されて自死を思いとどまった。

それから三年後、二十二歳になったジョセフは生活苦を原因に再び首吊りを決行する。ところがこの時も偶然やってきた僧侶に説き伏せられて、一命を取りとめた。この僧侶は、最初の自殺の際に彼を救った僧侶その人だった。

八年後、ジョセフは政治犯として絞首刑に処せられた。しかし執行の直前、減刑を嘆願する僧侶によって彼は死刑を免れる。

驚くべきことにこの僧侶は、二度の自殺を救った僧侶と同一人物だった。しかも、僧侶はジョセフ自身だとまったく知らなかった。すべては恐るべき偶然だったのだ。

やがて六十八歳になったジョセフは、積年の望みをついにかなえる。ピストルで自分の頭を撃ち抜き自殺したのである。今度こそ、僧侶の介入はないと思われた。ところが彼の葬儀を執り行うためにやってきた僧侶は、何とあの自殺を止めた人物だったのである。

前述したとおり、僧侶自身はジョセフとまったく面識がなかった。恐るべき偶然に救われ、最後は天国へ見送られたことになる。奇妙というほかない確率である。

一九一一年、イギリスで三人の男性がエドモンド・ゴドフリー卿の殺害（実はこの殺人にも奇妙な点が多数あるのだが、本稿では割愛する）で有罪となり、民衆の前で絞首刑に処せられた。

処刑場があった土地の名は、グリーン・ベリー・ヒル。そして死刑になった三人の名は、ロバート・「グリーン」、ヘンリー・「ベリー」、ローレンス・「ヒル」だった。

一九一四年、フランス北東部ストラスブールの町で、ドイツ人の女性が幼い息子を撮影した。当時は乾板写真が主流であったため、彼女は愛する我が子のプレートが数ヶ月後に出来上がるのを心待ちにしていた。しかし第一次世界大戦が勃発したために彼女はその町へ戻ることができず、泣く泣く写真を諦めざるを得なかった。

それから二年後、彼女はフランクフルトの町で気まぐれに写真の乾板を買い、生まれたばかりの娘を撮った。やがて現像から返ってきた写真を見た瞬間、彼女は息が止まらんばかりに驚いた。そこには二年前に撮った息子が、娘と二重写しになっていたのである。

かつて撮影した写真が現像されぬまま未使用品としてラベリングされ、何と百マイルも離れた町で彼女に転売されたのである。どれほどの偶然が重なれば、このような事が起きるのだろうか。

書物にまつわる偶然にも、興味深いものが多い。

アメリカの小説家アン・パリッシュは一九二〇年、パリ旅行の際に一軒の古書店で一冊の本を見つけた。それは雪だるまの妖精ジャック・フロストの物語を書いた童話で、アンが幼い頃に何度も読んでいた、お気に入りの一冊だった。

懐かしくなった彼女はその本を夫に見せ、可愛らしい童話にまつわる思い出を話して聞かせた。話を聞きながらなにげなくページをめくっていた夫は、ページの片隅にサインを発見する。そこには〈アン・パリッシュ／コロラドスプリングスのウェーバーストリート〉と書かれていた。彼女と本は、時間と空間を超えて再会を果たしたのである。

一九五〇年、ネブラスカ州のベアトリスという町での出来事。

その日、町の聖歌隊は定期練習のため、いつものように教会へ集まる事となっていた。練習開始はいつも夜の七時二十分。メンバーは練習の五分前には集合するのが慣習だった。ところがその日に限って、なぜか聖歌隊員全員が時間どおりに来なかった。二人の女性は奇妙な車のトラブルで遅れ、ある一家は服へアイロンをかける必要に駆られて遅刻した。他の者も、なぜか宿題が終わらなかったり急ぎの手紙を書かなくてはいけなくなったり、突然目覚まし時計が壊れたために寝坊したりと、様々な理由で全員が遅刻し、定刻に到着した人間はメンバー十五人の中でただの一人もいなかったのである。

だが、それは神に感謝すべき幸運だった。その日の午後七時二十五分、教会はガス爆発で跡形もなく吹き飛んでしまったからだ。ちなみに簡単に計算してみると、十五人の人間が揃って遅れる確率は百万分の一ほどになるという。

一九七四年、俳優アンソニー・ホプキンスは『ペトロフカの娘』という映画に出演するため、原作小説を探していた。ところがこの本は当時ほとんど出まわっておらず、結局彼は小説を撮影直前まで手に入れられずじまいだった。

ある日、旅行先で地下鉄に乗っていたホプキンスは、座席に誰かが忘れた一冊の本を目に留める。何と、それは探し求めていた『ペトロフカの娘』の原作だった。喜んだ彼はその本を失敬し、無事に役作りに活かすことができた。

それから数年後、たまたま作者のジョージ・ファイファーと会ったホプキンスは、本が手に入らなかった苦労を語って聞かせた。するとファイファーは笑いながらこう言った。

「あの本は我が家にさえ一冊もないんだ。何年も前に最後の一冊を友人へ貸したんだが、そいつときたら貴重なその本を地下鉄の座席に忘れて、そのまま紛失しちまったんだよ！」

一九六七年、ある初老の男性が南アフリカで亡くなった。

彼の義理の息子はポルトガルに滞在していたが、義父の訃報を受けて、すぐに南アフリカ行きの飛行機へと乗りこんだ。

やがて、飛行機はカナリア諸島の空港で乗り換えとなったが、その空港で彼はふとした気まぐれから、ビーチの写真が印刷された絵ハガキを購入し、自宅の妻あてに送付する。ポルトガルで買い損ねた土産《みやげ》がわりだった。

ところが数日後、自宅に届いたポストカードを見るなり彼女は卒倒しそうなほど驚いた。絵ハガキの写真には、ビーチを歩く若かりし頃の父親が写っていたのである。もし訃報を受けて夫が急遽飛行機に乗らなければ、カナリア諸島の空港に立ち寄る事はなかった。恐るべき偶然とはいえ、何やら遺言めいたものを感じる出来事だ。

二〇〇一年、イングランドに住む十歳の少女ローラ・バクストンは、祖父母の金婚式に参加した折、余興の一環として風船に自身の名前と住所、そして「これを受け取った人は私に連絡してください」というメモを添えて大空に飛ばした。

それから十日後、彼女のもとに風船の受け取り主から返信が届く。手紙には風船を飛ばした場所から百四十マイルほど先の住所と、庭の生け垣に引っかかっていたところをその家の娘が発見した旨が書かれていた。

その娘の名前はローラ・バクストン。何と風船を飛ばしたローラと同姓同名で同い年。おまけに、ローラ同様、三歳になる黒のラブラドールとモルモット、ウサギを飼っていた。

二〇〇七年、アメリカ人のマイケル・ディック氏はイギリスに赴いていた。十年前に消息不明となった長女が、この国にいると聞きつけたからだ。

だが、どこを探しても娘の消息はわからなかった。困ったディック氏はたまたま訪れたサッドベリーという町の地元新聞社に、捜索メッセージと自分の写真を載せてもらうよう頼んだ。事情を聞いて記者は快諾し、新聞社の前の路上でディック氏の写真を撮影した。

すると、記事が掲載されてから数日後、行方の分からなかった当の娘が連絡をよこした。なんと新聞に載った写真には、ディック氏の背後を歩く彼女の姿が写っていたのである。驚くべき事に、彼女はこの町に住んでいたわけではなかった。たまたま親族を訪ねるためサッドベリーを訪れており、その道を歩いていたのはわずか数十秒の出来事だったのだ。

最後に、とびきり奇妙な偶然を。

イギリスのバーミンガムから五マイルほど離れたアーディングトンの町で、バーバラ・フォレストとメアリー・アシュフォードという二人の女性が殺された。

二人は乱暴された上に首を絞められて殺害。遺体はきっちり三百ヤード離れた場所で、どちらも五月二十七日に発見されている。彼女たちは二十歳の同い年、おまけに誕生日も一緒だった。共通項はまだある。その日は二人とも新しいドレスに着替え、友人を訪ねた先で犯人と遭遇し、そのままダンスに出かけて殺されたのである。

まもなくスロントンという男性が逮捕されたが、どちらの事件でも証拠不十分を理由に無罪となっている。

さて、一見すると不思議に思えぬこの二つの事件だが、これほど奇妙な偶然はない。なにせバーバラは一八一七年、メアリーは一九七四年に殺害されているのだ。百五十年の時を隔てて、誕生日が一緒の女性が、同じ街で、そっくりな状況の中で殺され、共通の特徴を持つ場所に遺棄された挙句、同名の男が犯人として逮捕されて無罪になったのである。

偶然とは思えない何かを感じてしまうのは、私だけではないと思うのだが。

世界の噂

アメリカ横断怪奇ツアー・その二

カリフォルニア州

大都会として栄えるロサンゼルスにも、奇妙でロマンに満ちた噂がある。

一九三四年一月、ロサンゼルス・タイムズ紙に掲載された記事は、善良なるロス市民の度肝を抜いた。記事の投稿者はジョージ・ウォーレン・シュフルトという鉱山技師で、彼は「トカゲに似た容姿の種族が、かつてロサンゼルスの地下に巨大都市を作っていた。私はその証拠となる地下トンネルを見つけた」と告白し、謎の地図を発表したのである。

人々はシュフルトの突拍子もない話に驚き、その根拠は何かと問い詰めた。

彼の主張はこうだ。「自分は、ホピ族（ネイティヴ・アメリカン）のグリーンリーフなる男から〝数千年前、ここにトカゲそっくりの人類が地下巨大都市を築いていた〟

と教えられた。彼曰く、地下都市は流星群の衝突から身を守るためのもので、無数の地下道で幾つもの部屋が連結しており、その中には黄金をしまっていた部屋もあった。トカゲ族は何らかの理由で滅んだか、全てを置いてよそに移動した。だが地下都市はまだ存在しており、金塊も手付かずで放置されているのだという。そこで私は自作のX線装置でロサンゼルスを調査、その結果縦横無尽に張り巡らされた地下道と黄金の保管場所も把握したのだ。それに基づき描いたのが、この地図だ」

一笑に伏されそうな発言だが、ロスの人々はこの話に色めきたった。カリフォルニアはゴールドラッシュによって発展した州だったからだ。ゴールドラッシュ前までは一万五千人しかいなかった人口が、黄金を求める人々で数年のうちに数十万人まで膨れ上がった過去を持つ場所なのだ。地下の財宝は、その頃の記憶も生々しいロス市民の（ゴールドラッシュは一八五〇年代なので、シュフルトが発表した際は当時を知る人間も、まだ生きていた）情熱を掻き立てる魅力を有していたのだ。

シュフルトは郡から正式に許可を得て発掘を開始する。しかし作業は思うように進まず、彼が存在を訴えた地下道も古代都市の痕跡も出てくる気配はなかった。やがて人々の関心は薄れ、援助の資金を失ったシュフルトは発掘を中止する。

こうして「トカゲ人間の地下文明と財宝」は幻と消えた。だが、現在も彼の唱えた説を支持し「地下都市はある」と信じる人間は少なくない。

彼ら曰く、シュフルトが発掘を断念した直後、ロサンゼルス市は大規模な公共事業プロジェクトを敢行。町のあちこちが平らにならされ、高速道路やニューシビック・センターなどが次々に建設された。実は、この大規模開発の裏で地下都市の財宝が運び出されていたというのである。この説を主張する人々は「シュフルトは州あるいは郡と密約を交わし、発掘から手を引く代償として大金を手にした」と主張している。大金を得たかどうかは不明だが、発掘失敗の後シュフルトは表舞台に一切姿を見せぬまま、一九五七年にハリウッドの豪邸で亡くなっている。

では、もう一つの疑問、トカゲ人間は実在したのだろうか。生物研究家のジョン・ロードは、「世界各地で目撃されるヒト型爬虫類《はちゅうるい》の多くは恐竜の子孫で、長らく地底に潜んで我々の追求を避けたのではないか」との仮説を提唱している。事実、世界には人間とも爬虫類ともつかない生物の目撃報告が、時代や場所を問わず数多く存在する。その多くは宇宙人だと言われているが、彼らがロード氏の言うとおり、地下に隠れた古代人だとしたら……ロサンゼルスの地下に、幻の王国があった可能性とて、決してゼロではないのだ。

余談だが、ロスでは二〇一三年に国際空港の滑走路で、アシナシトカゲ（蛇に似た姿の手足が無いトカゲの一種）の新種が発見されている。その後、州内の施設や空き地、モハベ砂漠などで別なトカゲの新種も三種見つかっている。調査チームは「この州には他にも未確認の多様な生物がいるだろう」と発表。つまり、未確認のトカゲがまだまだ存在するかもしれないのだ。

何だか、シュフルトの主張を信じてみたくなる出来事ではないか。

オクラホマ州

多くの人間は湖の怪物と聞けば、ネッシーに代表される首長竜を想起するはずだ。しかしオクラホマはひと味違う。この州の湖に棲んでいる怪物は何とタコなのである。通称「オクラホマ・オクトパス」は馬ほどの大きさをしたタコそっくりの水生生物で、赤い皮膚と無数の長い触手を持つといわれている。現地のネイティヴ・アメリカンには、人間を好んで食べる水生生物の伝承が二百年ほど前から伝わっており、これこそがまさにオクラホマ・オクトパスではないかと噂されている。

この奇妙な巨大ダコが生存する根拠は、死亡率。サンダーバード湖と近郊のウーラガ湖、テンキラー湖では他の湖に比べて、遊泳中に原因不明の溺死を遂げる者が非常に高いのである。水死した人々は恐ろしいタコの犠牲者というわけだ。

最も、この怪物の存在を否定する者も多い。根拠は、淡水に棲むタコが現在のところ一種類も発見されていない事。そしてサンダーバード湖が一九六二年に造られた人工湖である事。これほど新しい湖に、そこまで大きな生物が引っ越すなど有り得ないというのが反論の理由だ。

しかし、淡水に棲むタコが本当にいないとは断言できない。二〇〇三年、ジョン・マズレクという男性がイリノイ州はコンウェイ湖のダムで、水門にしがみついているタコを捕獲している。ダムは当然ながら淡水である。

二〇一五年にはカリフォルニアで耳のついた新種のタコが、二〇一六年にはハワイ沖の深海四千メートルで新種の半透明な白いタコが発見されている。私たちがまだ出会っていない生物がいると考えれば、オクラホマ・オクトパスとて無下に否定はできないのだ。

フロリダ州

虫嫌いの方にとっては身の毛がよだつ噂を紹介したい。

フロリダ全土と周辺の州を悩ませる害虫に「ラブ・バグ」というケバエの一種がいる。名前に蠅《ハエ》と付くものの、ケバエは人間の食べ物を横取りする事も病原菌を媒介させる事も無い。それでもラブ・バグは非常に嫌われている。恐ろしいほど大量に発生するからだ。

ラブ・バグは年に二回、多い時には三回、オスとメスがお尻を突き合わせる形で空中を移動する（この格好が「愛《ラブ》の虫《バグ》」と呼ばれる所以だ）。その数は、何と少なく見積もって数百万匹。群れは数キロメートルもの帯状に連なって飛び、飛行は長いと一ヶ月以上も続く。当然ながら多くのラブ・バグが車のタイヤに踏まれたりフロントガラスにぶつかったり、ラジエーターに入り込んで命を落とす。数えきれない虫の体液によって車は塗装が剥げ、ワイパーが効かないほどガラスが汚れ、機械が故障する。何とも厄介な虫の群れだが、噂によればこのラブ・バグ、実は政府によって意図的に大量発生させられたというのだ。

一九七〇年代、フロリダ州内では疫病を蔓延させる蚊の発生が問題となっていた。そこで政府は、当時はフロリダにほとんどいなかったラブ・バグに目を付け、オスの蚊を惹き付けて食べると言われていたラブ・バグのメスを大量発生させるため、フロリダ大学の研究機関でDNA操作を行ったのだという。ところが実験は失敗。大発生したオスとメスのラブ・バグは研究所を脱走し、現在の惨状が起こったというのである。確かにこの虫がフロリダで大量発生するようになったのは一九五〇年前後、それ以前には見られなかったというデータもある。

だが、多くの昆虫学者はこの説を否定する。そもそもラブ・バグの成虫は食物を摂らず（幼虫は腐った植物を食べる）、蚊どころか虫の一匹も食べられないからだ。彼らは笑って「政府は昆虫を改良する実験などしないよ」と断言している。

ところが二〇一九年七月、国防総省が一九五〇年から七五年にかけて、ダニを生物兵器にする実験を行っていたという疑惑が浮上した。米下院によれば、国防総省はライム病という感染症をダニへ植え付け、兵器にする研究をしていたというのである。

ライム病は一九七〇年に大流行、ワクチンもないため現在でも多くの人が苦しんでいる。その原因が研究所から逃げたダニにあったとすれば、重大事件である。

このような凶行を平気で隠蔽《いんぺい》する政府が、ラブ・バグの実験はしていないと本当に言い切れるだろうか……。

ケンタッキー州

州最大の都市ルイビルの人々は、「ポープ・リック」と呼ばれる、ヤギの上半身と人間の下半身を持つ半獣半人が、自分たちのすぐ近くに生息していると信じている。その容姿からゴートマン（山羊男）の別名を有するこの怪物は、ノーフォーク・サザン鉄道の陸橋をねぐらにしており、近づいた人間に奇妙な鳴き声を聞かせ催眠状態にしたのち、列車が来るまで動けなくするのだという。当然、催眠にかかった人間は轢かれて死ぬ。

その正体はサーカスから逃亡した見世物の人間だとも、悪魔崇拝にかぶれ黒山羊の頭を被った人間だとも（事実、この付近では七〇年代に悪魔崇拝が広まり、生贄《いけにえ》になったと思しき犬や猫が大量に消えている）言われている。話だけを聞けば何とも安っぽい噂に思える。しかし、この場所では実際に多くの人間が死んでおり、当局が三メートルのフェンスを設置した後も死者の数は減らなかったのだ。

ざっと確認できるだけでも一九八七年、八八年、九四年、二〇〇〇年、そして最近では二〇一九年にも死亡事故が発生している。やはり彼らは、ポープ・リックの鳴き声を耳にしてしまったのだろうか。

最後にとりわけ印象的な、二〇一六年に起こった事故を紹介しよう。デイトン在住のロックウェル・ベインという女性が夫と共にこの橋を探索中、線路の向こうから列車がやって来た。夫はとっさに橋桁へぶら下がったが、ベインは線路から一歩も動かず、そのまま撥ねられ即死したという。

夫の証言では、ベインはまるで「何か」に魅入られているように見えたそうだ。

メリーランド州

ゴートマンが恐れられているのはケンタッキー州だけではない。メリーランド州でも同じ噂がある。しかもケンタッキーが「被害者の情報」中心なのに対し、メリーランドは「加害者の情報」、すなわちゴートマンの目撃報告が圧倒的に多いのである。

その歴史は古く、一九六三年にカップルがハンティントンの森で、人と動物を合わせたようなデコボコの動物を目撃したのが最初と言われている。その後、六八年にはランドバー・ヒルズで、子供が山羊のような男に誘拐される事件が起こり（奇しくもハロウィーンの夜だった）、七一年にはフレッチャータウンで農夫が豚の死骸をむさぼり食う、角の生えた人間を目撃した。この事件によって、噂は爆発的に広まる。

七二年にはグリーンベルトの森で人間の遺体が見つかり、ゴートマンに襲われたのかと話題になった。七六年にはウッドモアのゴルフ場で、庭師がヤギと人間を足したような遺体を発見。七七年にはドライブ中の男女が「斧を持ったゴートマンに襲われた」と報告し、八〇年にはブーイ川で、やはりゴートマンに襲撃されたと思われる人間の遺体が見つかった。

八五年には警察に「廃病院でゴートマンの声を聞いた」との通報が多数あり、九〇年にはマグルーダ公園で少年がゴートマンと遭遇している。九八年には地元の若者たちがゴートマンを目撃、同年には放置された車の中から「何かに噛み殺された男性」が見つかり、付近住民が「ゴートマンに襲われたものだった」と証言している。

そして二〇〇七年、グレナーデンのゴルフ場で、地元テレビ局のカメラクルーがついにゴートマンらしき生物の撮影に成功。また二〇一六年にはボルチモアのテレビ局に、視聴者から「ゴートマンを撮影した」と奇妙な獣の写真が送られてきた（この二つの記録は、ネット上で現在も確認できる）。

このように、ゴートマンはあまりにも報告が多く、その歴史も半世紀以上と長い。もちろん見間違いや誤解も含まれているだろうが、それにしても尋常な数ではない。ここまで高い信憑性を持ち、人々が恐れるのにはちゃんとした理由がある。メリーランド州のゴートマンは「作者」が判明しているのだ。

その人物とはスティーブン・フレッチャー。一九二四年にボルチモアで生まれた科学者だ。彼は二十三歳の時、メリーランドのベルツヴィルにある米国農務省の施設に就職。動物の遺伝子操作を研究していた。しかし数年後、彼の妻が原因不明の病気に罹り昏睡状態となってしまう。彼は妻を何とか治そうと、自らの遺伝子研究を応用して様々な治療を試み、ついには施設の研究機器を全て持ち出すと人里離れた場所に私立の研究所を建て、そこに妻と移り住んだ。それ以降、フレッチャーは外界との接触を一切遮断したため、施設内部で何が行われていたのかも、妻がどうなったのかも不明である。「獣のような鳴き声が絶えず聞こえていた」との噂もあるが、真相は謎のままだ（ちなみにこの施設はのちに航空隊が買い取ったが、なぜか十年以上も空き家のままであったそうだ）。

メリーランドの人々は「フレッチャーの妻が山羊の遺伝子を移植され、突然変異で怪物になった」と信じている。中には「ゴートマンはフレッチャー自身で、実験の失敗で醜くなったはずみで妻を殺害し、発狂してしまったのだ」という説を唱える住民もいる。それらの解釈には非科学的な部分も多く、あまりに子供じみている点は否めない。しかし、メリーランド各地で不気味な生物が目撃され続けている事だけは、紛れもない事実なのだ。

地元テレビ局ＷＢＡＬには、現在もゴートマン目撃の報告が定期的に寄せられるという。

ロードアイランド州

ホラー映画『エルム街の悪夢』に登場する、鉤爪《かぎづめ》とセーターがトレードマークの殺人鬼フレディ・クルーガーが実在すると言ったら信じるだろうか？　少なくともロードアイランド州の人々は、その事を疑っていない。北部プロビデンス（クトゥルフ神話で知られるラヴクラフトの出身地だ）のカンバーランドには「フィンガーネイル・フレディ（指爪のフレディ）」という噂が伝わっている。

一八〇〇年代の始め、三人の少年がカンバーランドの森で火遊びをしていた。焚き火の近くには古い小屋があったが、少年たちは廃屋だと思いふざけ半分で火を放った。しかし、そこにはフレディという男性と彼の妻、そして病気の幼い娘が住んでいたのである。

小屋はたちまち火に包まれた。フレディは何とかして妻と娘を救出しようとしたものの時すでに遅く、二人は焼死してしまう。フレディ自身も大火傷を負い、ただれた顔からは以前の面影がすっかり失われていたという。少年たちは裁判にかけられたが「小屋に人が住んでいるとは知らなかった」と発言。何と裁判所はその主張を認め、無罪判決を下した。フレディは嘆きながら「私なりの正義を貫こう」と言い残し、どこかへ消えていった。

翌年、少年たちは無残な死体で発見される。彼らの喉は引き裂かれ、手足はバラバラになっていた。フレディの犯行と確信した少年の家族は森へ向かい、焼け落ちた小屋の中に隠れていたフレディを引きずり出し、大木へ逆さ吊りにすると処刑してしまった。フレディの指には、獣のように鋭い爪が伸びていたという。その後、腐敗したフレディの死体は、哀れに思った人々によって木からおろされ、妻と娘の眠る墓に埋葬されたと言われている。

名前や容姿など、ホラー界のスターとの共通項が非常に多い事にお気づきだろうか。果たしてこれは、単なる奇妙な偶然なのだろうか。

ちなみに現地住民は今も「フィンガーネイル・フレディ」を非常に恐れている。住民の一人によれば、先に述べた物語には意図的な嘘があるというのだ。

実はフレディは殺されておらず、森の奥へ逃げ延びた後も人々を襲い続けたというのである。つまり、もしかして今もその魂はまだ……。

ノースダコタ州

カス郡アブサラカにあるアブサラカ・メソジスト教会は、一八八八年に建てられた伝統ある教会だが、一九八三年以降は放棄されている。にも拘わらず、この教会を訪れる者は後を絶たない。世にも奇妙な現象に出会えるかもしれないからだ。

一九八七年十一月、教会から光が漏れているのを付近に住む男性が目に留めた。不埒な侵入者かと思ったが、教会の鍵はしっかりと掛かっている。不思議に思った彼は、窓から教会の中を覗き仰天した。十字架のような形の白い光が室内を飛び回っていたのである。

この光は数日間に渡って出現し、噂を聞きつけた人々が訪ねてくるほどの騒ぎになった。十字架の光は現在もごく稀に見られるという。原因については「窓から射し込む街灯の光が屈折している」「月光が教会の尖塔を伝って室内に落ちている」など諸説あるが真相は今も分かっていない。だが、多くの人は単なる自然現象だろうと思っているようだ。

だが、ノースダコタがどのような場所かを知った時、その考えはあっさり覆されるかもしれない。

同州ホレース北部にある古い農場では、放棄された納屋でやはり奇妙な光（これは場所にちなんでキンドレッド・ライトと呼ばれる）がたびたび目撃されており、他にもこの州の各地で、原因不明の光が報告されているのである。

信心深い住民は「神の光」だと言うが、別な住民は「あれは皆UFOに間違いない」と答える。なぜならノースダコタでは一九四八年、米軍パイロットのジョージ・ゴーマンが未確認飛行物体と戦闘を繰り広げた「ゴーマン空中戦事件」が起こったと信じられているからだ。

神の奇跡か、それとも異星からのメッセージか。人々の疑問をよそに、謎の光は今夜も輝き続けている。

デラウェア州

サセックス郡にあるインディアン川の入江近くには、全長八百メートルの立派な橋が架けられている。しかし、この橋は「呪われた橋」と呼ばれていた過去があるのだ。南側ビーチに人々を渡すため、この橋（の前身）が最初に設置されたのは一九三四年。当時の主流はコールタールを塗った木製の橋だったが、海水によって傷んだ一代目の橋は、わずか五年ほどで誰も渡れないほどに腐食してしまった。

そこで州は四〇年に鉄骨とコンクリートで造られた頑丈な橋を新たに建設。これでもう安心だと誰もが思っていた。ところが四八年二月、この橋も崩壊。しかも今回はちょうど橋を渡っていたトラックが冬の海に投げ出され、三人が犠牲になってしまったのである。すぐに州は三代目の橋を建設し、無事五二年に完成。しかし、この橋も六二年の嵐で崩壊してしまう。いずれの橋も十年持たなかったのである。

この頃から人々は「橋は呪われているのだ」と噂し始めた。周辺にある海岸公園やビーチに幽霊の目撃報告が数多くあった事も、この憶測を加速させたと言われている。州は不吉な噂に臆することなく四代目の橋を六五年に完成させたが、やがて重大な破損がある事が判明。しばらくは応急処置でしのいでいたが（興味深い事に、この処置はほぼ十年ごとに行われた）、専門家から「あと一度でも嵐に襲われれば、橋は崩壊する」と警告されたため、二〇〇五年になって、ようやく五代目の橋を造る計画が持ち上がった。

ところがさらなる「呪い」がこの橋を襲う。今度は完成どころか、建設が遅々として進まなかったのだ。二〇〇六年に立ちあがった計画はわずか三年で頓挫。二〇〇九年に仕切り直されたものの、今度は橋の建設現場で大規模な火事が発生し（原因は現在もハッキリしていない）建設が大幅に遅延。その後も紆余曲折を経て二〇一三年にようやく完成した。初代の橋から数え、実に七十五年を経て現在の橋が架かったのである。これで呪いは終息したかに思われた。

しかし、現地住民の中には、今もこの橋を渡ろうとしない人が少なくない。ある人物は「呪いはまだ解けていないよ。巻き込まれて死ぬのはまっぴらだね」と言い、別な人物は「あそこを渡ると、死んだ運転手を目にするそうだ」と橋から顔を背ける。

果たして本当に橋の呪いは解けたのか。運命の十年目は、二〇二三年である。

オレゴン州

「アメリカで最も環境に優しい都市」と称されるポートランドには、チャイナタウンから下町を通過して川まで伸びる長大な地下通路、通称「シャンハイトンネル」がある。このトンネルはホテルやバーの地下階と繋がっており、停泊した船舶から地下倉庫まで商品を運ぶために建設されたといわれている。そして、現在はツアーでのみ見学できるこの地下通路、実は奇妙な噂の発生源でもある。

誰もいないはずの場所で声が聞こえる、何者かの足音が背後からついてくる……そんな報告が頻発している場所なのだ。薄暗い空気がそう思わせるのではない。奇妙な現象にはれっきとした理由が存在する。

このトンネルでは一八五〇年代、「シャンハイング」と呼ばれる行為がおこなわれていた。地下通路で労働者を誘拐しては船へと運び込み、奴隷として売り飛ばしていたのだ。シャンハイトンネルでおこなわれる拉致と人身売買、ゆえに「シャンハイング」なのである。

誘拐という行為にも驚くが、そのプロセスはさらに恐ろしい。狙われた人間はバーやサロンでひどく酔わせるかアヘン漬けにしたのち（地下通路にはかつてアヘン窟があったという）床に設置された「デッドフォール」と呼ばれる落とし穴から、地下の監禁室へと落とされる。監獄のような部屋に押し込められた哀れな人々は、やがて「商品」として船に乗せられ、奴隷じみた水夫として働かされたという。

この背景には、当時最盛期だったカリフォルニアのゴールドラッシュへ大量に人が流れ、深刻な船員不足であった事があるようだ。加えて当時は「船員は航海を終えるまで船を降りられない」と法律で定められていた。多くの人が低賃金の重労働である船員を敬遠したために、強制的な人材確保が横行したのである。

誘拐されたすべての人が無事に船に乗り込んだわけではない。アヘン漬けにされた挙句命を落とした人、暴行を受けて死んだ人、中には親子で拐われ、反抗心を削ぐため子供を殺された母親もいたと噂されている。この地下通路で聞こえる声や足音は、彼ら彼女らの怨みのメッセージなのである。

このような蛮行が許されていたとは到底信じがたいが、実は「シャンハイング」を裏で手引きしていた「クリンプ」という奴隷商人が存在したのだそうだ。彼らは本来出港前に水夫へ前払いされるはずの給料を騙し取り、私腹を肥やしていた。そして、その金で政治的な権力と繋がりを持ち、町の有力者になっていたのだという。とりわけ、ホテル経営者のジョセフ・ケリーなる男は「クリンプ王」と呼ばれており、十五年で二千人もの人々を拐って売り飛ばしたといわれている。

一九一五年、先に述べた水夫の法律が改正されて、この悪しき慣習はようやく行われなくなった。しかし、殺された者たちの怨念は今も救われておらず、暗い地下道で助けを求めているように思えてならない……。

ネブラスカ州

あなたが猟奇的事件が好きな人物で、かつ事件のあらましを「聞く」よりも、現物の凶器や証拠品を「見る」のが好きならば、ネブラスカのオマハ公共図書館をお勧めしたい。

この図書館には、恐るべき手段で剥がされた、本物の「人間の頭の皮」が保管されている。

この頭皮の「元」持ち主の名はウィリアム・トンプソン。英国生まれの鉄道職員である。一八六七年、トンプソンは線路の定期修理のために郊外の荒地を訪れていた。そこに現れたのがネイティヴ・アメリカンのシャイアン族である。この三年前、シャイアン族は米軍による無差別虐殺「サンドクリーク・ジェノサイド」に遭っていた。トンプソンはアメリカ人ではなかったが、白人がネイティヴ・アメリカンを見分けられないのと同様、彼らも白人はすべて「敵」として認識していた。

シャイアン族はトンプソンを、トマホークと呼ばれる斧で滅多打ちにした。血まみれになりながら、トンプソンは「この場を乗り切るには死んだふりをするしかない」

と考える。だから、自分の頭部に激痛が走り、血で視界が真っ赤になっても、決して声をあげようとしなかった。彼の目論見は成功した。シャイアン族はトンプソンが死んだと思い、去っていったのである。トンプソンは痛みに耐えながらその場を逃げ出したが、逃避行の途中で、シャイアン族がうっかり落としていった「戦利品」を発見する。

金髪が残る、人間の頭頂部分。どう考えても自分のものだった。

彼は血だらけの頭皮を手桶の水に浸し、縫い合わせて貰うためにオマハの医者へ急いだ。けれども残念ながら、頭皮が再びトンプソンの頭に戻ることはなかった。すでに時間が経ち過ぎており、手術は不可能だったのだ。

やがて彼は自身の頭皮を持ち歩き、アメリカやイギリスのカーニバルで見せては小銭を稼ぐ生活を送っていたという。だが、高齢になってから再びオマハを訪れ、公共図書館に「この町の歴史の一部なので保管してほしい」と寄贈したのである。

トンプソンの頭皮は何年もの間、この図書館で公開されていた。ネブラスカの子供たちはみな、一度はこの「忌まわしい人体の一部」を目にして怯えた経験があるという。

現在は地下の薄暗い倉庫に保管されており、要望に応じて閲覧させてもらえる。

展示していた際、あまりに奇妙な現象が続くので仕舞ったとの噂もあるが、真相は闇の中である。

奇妙な動物の話

多くの動物は、私たち人間に様々なものを提供してくれる。犬や猫はペットとして心の安らぎを与え、牛や豚は食料として生命を差し出す。象やライオンは大自然への感動を呼び覚まし、馬や闘鶏は賭けによってしばしば大金をもたらす。しかし、時に彼らは望まざるものも押し付けてくる。死であったり、不幸であったり。

ここでは動物にまつわる、奇妙で胸がざわつくような出来事を紹介しよう。

獣たちはこちらの不意をつき逆襲してくる。油断した我々に待っているのは、死だ。

ＢＢＣニュースは二〇一一年、「カリフォルニア州の男性が鶏に殺される」という珍しい事件を報じた。同州中央部のトゥラーレで行われていた闘鶏の試合中、ジョイスなる男が一羽の鶏に足を切られ、失血死したのである。

実は鶏たちの足には、殺傷能力を上げるため小さなナイフが結び付けられていた。

彼は不運にもこのナイフで動脈をすっぱりと切られ、死んでしまったのだ。

同様の闘鶏による事故は同じ年にインドでも起こっている。こちらは喉を切られて即死。どちらも、不当に扱われた鶏が復讐したように思えてしまう。

二〇一三年「ガーディアン」紙に掲載されたのは、さらに奇妙きわまりない動物の殺人事件だった。

ベラルーシに住む六十代の漁師が、ある動物に殺されたのである。その犯人は何とビーバー。河川や湖にダムを作る事で有名な、どこかとぼけた風合いの大きなネズミに似たげっ歯類が殺人を犯したのだ。

実は近年、ベラルーシではビーバーの増加が社会問題となっている。乱獲で絶滅の危機に瀕した時期もあったが、狩猟が禁止されてからは爆発的に増え、過去十年あまりで個体数は三倍に増加した。現在は国内に推定八万匹が生息し、都市部にまで侵入。被害報告も右肩上がりになっている。

今回男性を襲ったのも、そんな町に迷い込んだ一匹だった。まさか人を殺すような力を持つとは思わず、男性はビーバーを捕まえようとした。次の瞬間、獣は鋭い歯で彼の足に何度も何度も咬み付いたのである。剃刀のように鋭い歯が動脈をズタズタに切り裂き、男性は大量出血によって死亡した。

ベラルーシの救急隊は「ビーバーは大きいもので体重三十キロ、体長一メートルになります。ドーベルマンやヤマネコと変わらない大きさの猛獣である事を忘れないでください」と注意を呼びかけている。


意外な動物が人を襲うという点では、こちらも負けていない。

映画『ハンニバル』には、主人公である殺人鬼・レクター博士に復讐しようとした富豪メイスンが返り討ちに遭い、凶暴な豚の群れに生きながら喰われる凄惨なシーンがある。しかし、どうやらこれは映画の中だけの絵空事とは言い切れないようだ。

ＡＴＩ通信によると二〇一九年二月、ロシア連邦のウドムルト共和国の養豚場で五十六歳になる女性が豚に食べられ死亡している。彼女は豚たちに給餌している最中、てんかんの発作に襲われ、昏倒したまま豚の群れの中へ落ちてしまったのである。

なかなか帰ってこない妻を心配した夫が豚舎へ行くと、そこには肩から上の部分を全て食われた、妻の惨たらしい姿があった。司法解剖の結果、死因は失血死と判明。

すなわち彼女は生きたまま食べられたのだ。現在、農場は閉鎖されているという。
豚が人を食べた事例は、二〇一二年にもオレゴン州で確認されている。七十歳の農場主がやはり何らかの発作により豚舎内で失神。そこに豚が群がり、彼は歯の一部を残し「食べ尽されて」いる。

ＢＢＣニュースが二〇一六年、モロッコで起きた「心優しい動物の悲しい殺人」を紹介している。
ラバトという町にある動物園で、七歳になる幼女が象に殺されてしまったのである。象は囲いを隔てた敷地で飼われていたが、不意に地面の石を鼻で器用に掴むと、見学中の女の子めがけて投げつけたのだという。すぐに彼女は救急車で病院に運ばれたが、残念ながら数時間後に死亡した。むろん象に殺意はなかっただろうが、やはり動物は我々の友人ではなく、侮りがたい獣なのだ。

類まれなる不運で動物に殺される人間もいれば、当然の報いとしか言いようがない「動物による死」を受けた人間も存在する。二〇〇五年に起こった事件はその代表と言えるだろう。

ワシントン州イナムクロウに住む、ケネスという男は、「S状結腸の穿孔に起因する急性腹膜炎」が原因で死亡した。要は内臓が破れて亡くなったわけだが、驚くべきはその原因だ。

何と彼は近くの農場で飼われている馬に、自分の肛門を凌辱させていたのである。この農場の監視カメラが馬小屋に侵入するケネスの姿を記録していた事で犯行が発覚。警察が事情を聞きに訪れた時には、彼はすでに虫の息だったという。

当時、ワシントン州では獣姦が合法だった（そんな行為に及ぶ人間がいるとは誰も想定していなかったのだ）。しかしこの事件をきっかけに州議会が新しい懲罰を提案、満場一致で可決され、現在は最高一万ドルの罰金刑と定められている。余談になるが、ケネスが自分を襲わせた馬の名前は「ビッグ・ディック（巨大な男性器）」だった。

同様の事件はアイルランドでも起こっている。「アイリッシュ・デイリー・スター」紙によれば二〇〇八年、同国リメリックに暮らす四十歳の女性が雄のジャーマン・シェパードと性交した結果、死亡している。死因は何とアレルギー。ピーナッツ・アレルギーに似たアレルギー反応によって、アナフィラキシー・ショックを起こし亡くなったのだ。

彼女はネット上の「この手の趣味」を愛好する人間のチャットで犬と出会い、行為に及んだらしいと判明。アイルランドでは獣姦が（動物虐待とみなされ）違法になっているため、チャットの運営者らが起訴される事態となった。

個人の趣味をとやかく言うつもりはないが、それにしても……。

動物に殺されるのは確かに理不尽に思えるかもしれない。けれども、反撃しようと考えるのは得策ではない。

二〇一六年、オレゴンに住むハンターのゲイリー・ヒーターは、ようやく仕留めた大型のヘラジカを四輪車で牽引しながら上機嫌で家路に就いていた。ところがその道中で彼はハンドル操作を誤り、車を横転させてしまう。幸いにもゲイリーは事故によって負傷する事はなかった。そう、事故そのものでは。

何と彼の背中に、仕留めたばかりのヘラジカの太い角が、深々と突き刺さったのである。彼は病院に搬送され、どうにか一命を取りとめた。狩った相手に狩られるとは、何とも皮肉な結末である。

二〇一七年には、ロイター通信がテキサス州の奇妙な事故を報道している。同州に住む男性が、自宅の庭で野生のアルマジロを発見。銃の性能を確かめたかったのか、それとも腕試しだったのか、男性は目の前の小動物めがけて銃を発射した。ところが撃ち出された弾丸はアルマジロの硬い甲羅に跳ね返り、なんと男性の顔に当たってあごを粉々に砕いたのである。

哀れ、男性は州内の病院へ搬送される羽目になった。

血腥《ちなまぐさ》い話が延々と続いたので、最後は「誰も死なない動物の奇妙な話」で穏やかに終わろう。

二〇一〇年、KTLAニュースがコロンビアで起こった奇妙な事件を報じている。麻薬カルテルの潜伏先を強制捜査したところ、現場から大量のマリファナや銃器などに混じって信じがたいものが押収された。それは何とオウム。二千羽近いオウムが潜伏先のアジトで飼われていたのだ。

もちろん単なるペットではない。この賢い鳥たちは忠実な見張り役だった。組織の人間以外が来ると「逃げろ、捕まるぞ」と叫ぶように訓練されていたのである。

番犬ならばともかく、鳥が見張り番の役目を果たすというのは、非常に珍しいケースといえるだろう。人間もこの忠実さを見習いたいものだ。

予言と呼ぶにはあまりにも

私は未来が分かる。明日の出来事が、一年後の運命が、百年後の地球が見える。そのように標榜する人間は少なくない。その根拠は、守護霊であったり第六感であったり、聞いた事もない神であったりするのだが、いずれにしても私はあまり興味がない。彼らの能力が真実かどうかなど関係ない。単純に奇妙ではないのがつまらないのだ。

適当な理屈をこねくり回して「予知だ」「予言だ」と騒がずとも、過去の歴史に目を向ければ、もっと興味深く、奇妙な事例が山ほどある。未来を見るよりも、過去を紐解く方がよほど楽しいのだ。

そんな主張に賛同いただける方のために、とびきりの奇妙な出来事を、予言と呼ぶにはあまりにも不気味なエピソードを集めてみた。

一九四〇年十月十四日、イギリス首相ウィンストン・チャーチルは妻や大臣ら数名と共に、首相官邸で夕食を楽しんでいた。当時のイギリスはドイツと交戦中だったが、まだロンドンにまで被害は及ばないだろうと誰もが思っていた。

ところがディナーの最中、チャーチルは「嫌な予感がする」と突然立ち上がってキッチンへ走り、料理の支度をしていたコックやメイドに「今すぐ地下倉庫へ入りなさい」と告げた。何の事やら分からぬままコックたちが地下倉庫に入ると、チャーチルは安堵した表情で晩餐会のテーブルに戻った。

三分後、轟音が屋敷を揺さぶった。ドイツの爆弾が首相官邸近くのダウニング・ストリートに直撃したのである。チャーチルたちの部屋は無傷だったが、台所は窓ガラスが吹き飛び、キッチンカウンターも原形を留めていなかった。

首相は自身の奇妙な直感によって、数名の国民を救ったのだ。

一九六〇年、サンフランシスコ・ジャイアンツの投手、ゲイロード・ペリーはあるインタビューの最中、冗談混じりにこう答えている。

「俺がホームランを打つ前に、人類は月に到着するだろうね」

バッティングがすこぶる苦手な自分を揶揄《やゆ》したジョークだったが、のちにこの発言は奇妙な伝説となった。

一九六九年七月二十日、ニール・アームストロング船長率いるアポロ十一号が、人類で初めて月面に到達。ペリーが人生初のホームランを打ったのは、そのわずか数分後の事だった。彼は、はからずも人類の歴史的瞬間を予言していたのだ。


一九六六年十月、イギリスはウェールズにあるアバーファンという鉱山町で、エリル・マイ・ジョーンズという少女が「学校へ行きたくない」と母親に訴えた。

「怖い夢を見たの。学校に行くと、見た事もない黒いものが校舎を覆っていて、私も友だちも逃げられないの」

エリルはそう言って登校を拒んだが、母親はサボるための口実だと信じて疑わず、半泣きの彼女を無理やり学校へと送り出した。

だが、エリルの夢は現実になる。その日の午後、アバーファンの山肌が崩落、石炭を大量に含んだ土石流が町を襲ったのである。

犠牲者は百四十四名。その中にはエリルも含まれていた。

彼女が夢で見た「黒い何か」は、やはり土石流だったのだろうか。

一九七九年五月、米連邦航空局にデビッド・ブースと名乗る男から、奇妙な電話があった。飛行機が落ちる夢が止まらない、というのである。

「機体が滑走路に衝突し炎に包まれ、多くの人が死ぬ夢を、もう何日も見続けているのです。どうか調査してください」

航空局の担当者は驚いた。発生時間や状況など、彼の語る事故の詳細があまりにも詳しかったからだ。だが、所詮は夢であるからどうしようもない。担当者はブースへ丁寧に礼を述べてから「たぶんあなたが見ている悪夢は、去年のパシフィック・サウスウエスト航空機の事故のせいでしょう」と優しく告げた。

担当者の言う事故とは、七八年にカリフォルニア州サンディエゴで起こった、ボーイング機の墜落事故である。百四十四名の死者を出したこの事故は、当時のアメリカ航空史上、最悪の事故だった。その報道を頻繁に目にしたために、男性は奇妙な夢を見ているのだろうと推測したのである。

数日後、ブースから再び連絡があった。

「昨夜は夢を見ませんでした。悪夢がとうとう終わったんです」

その発言は確かに正解だった。悪夢は現実のものとなったからだ。ブースが電話をかけてきた当日、アメリカン航空191便がオヘア国際空港を離陸した直後に墜落。機体は滑走路に叩きつけられて炎上し、搭乗者ほか二百七十三人が死亡する大惨事となった。

ブースが見た夢の内容は、事故の模様と寸分違わぬものだったのである。

この航空事故については、もう一つ予知めいた話が伝わっている。人気ハリウッド女優リンゼイ・ワグナーはこの日、オヘア国際空港の搭乗エリアに座っていた。数十分後に墜落する飛行機に搭乗予定だったのである。

ところが搭乗を待つうち、彼女は原因不明の体調不良に襲われ始めた。搭乗時間が近づくに従い、体調はどんどんと悪くなっていく。結局ワグナーはこの日のフライトを諦め、空港をあとにする。

結果はご存知の通り、おかげで彼女は一命を取り留めたのであった。奇妙な事に空港から遠ざかった途端、ワグナーは嘘のように回復したという。

アリゾナ州のアマチュア歌手ローズ・ギルバートは、ブロードウェイの大劇場に立つ事を長らく夢見ていた。当時すでに彼女は五十代の終わり、残されている時間は少なかった。

やがてローズにビッグチャンスが舞い込む。「ニューヨークで行われるお芝居に出演してみないか」とのオファーが届いたのである。成功への第一歩と確信した彼女は、ニューヨークへの転居を決意する。周囲の人々はローズの決断を賞賛し、挑戦を応援した。

たった一人、親友であり歌のコーチでもあったアンナ・ショフを除いて。

「ねえローズ、あなたが都会で残酷に殺される夢を、ここ数日何回も見るのよ。ニューヨークに行ってはいけないわ。絶対、あなたの身に良くない事が起きる」

そう言ってアンナは猛反対したが、その忠告は夢見る親友には届かなかった。それどころかローズは「私の成功に嫉妬しているんでしょ」とアンナをなじり、結局二人はそのまま仲違いしてしまったのである。

だが二〇〇五年六月、アンナの発言は正しかった事が証明される。

ニューヨークにあるアパートのキッチンで、ローズの死体が発見されたからだ。彼女の遺体は滅多刺しにされ、壁にまで血が飛び散っていたという。

現在に至るまで犯人は見つかっていない。


二〇〇九年一月、エルサレムのガザ地区に住む六歳の少年アドヴァル・バダウィは、昼寝から目覚めるなり母親に抱きついて叫んだ。

「お父さんが死んじゃった！　殺されちゃった！」

泣きやまない彼を母親は懸命に説得した。父は買い物に出ていて不在なだけである事、イスラエルとパレスチナの戦闘は最近落ち着いているので、殺されるような目には遭わない事などを、幼い息子に語りかけた。

しかし、母親のセリフは間違っていた。それから一時間後、家族の元に「父と叔父がイスラエル軍の急襲で命を落とした」との知らせが届いたのである。

ガザ侵攻と呼ばれるこの紛争は、一ヶ月で千人近い犠牲者を出した。バダウィ少年（現在はすでに青年だが）は、今も父を失ったガザ地区に暮らしている。


二〇一二年十一月、コネチカット州に暮らす五歳の少年ローガン・ダイヤーは幼稚園で遊んでいる最中に突然原因不明の発作を起こし、早退する羽目になった。母親はすぐに病院へ息子を連れていったが、どれほど検査してもローガンの体に異変は見つけられなかった。

「一時的なパニックかもしれません。明日にはまた通園できるでしょう」

医師の言葉を信じた母親は、翌日もローガンを幼稚園へ連れていったが、彼は出迎えてくれた女性園長を見るなり「怖い」と泣き出し、ついには「学校」「幼稚園」という単語を聞いただけで昏倒するようになってしまった。

仕方なく、母親は息子をしばらくの間休ませる事にした。

それから一ヶ月ほどが経った十二月十四日、ローガンが通っていた幼稚園と、併設するサンディフック小学校は、世界中に一躍その名が知られる事となった。

二十歳の青年が学校に侵入し銃を乱射、子どもを含む二十六人が殺されたのである。犠牲者の中には、ローガンを迎えに来た女性園長も含まれていた。

もしかして五歳の少年は、この惨たらしい未来を知っていたのだろうか。

二〇一三年、南アフリカの英雄と謳われた、両足が義足の陸上選手オスカー・ピストリアスが逮捕された。恋人の人気モデル、リーバ・ステンカンプを撃ち殺したのである。オスカーは「侵入者と間違えただけだ」と殺意を否認したが、日頃からリーバに暴力を振るっていたとの疑惑もあったために裁判は紛糾、結局は過失致死罪により禁固刑が確定している。

だが、世間を騒がせたのは殺意の有無だけではなかった。

亡くなったリーバの母親はテレビの取材に対し、「娘は自分の運命を知っていたはずです」と漏らし、リーバが十四歳の時に描いたという絵を公開したのである。

そこに描かれていたのは、長い梯子《はしご》の手前に立つ赤いドレスの天使と、彼女を遠くから見つめる、ライフルを手にした異様に両足が細い男の姿だった。

鮮血に染まったとしか思えない色のドレス。天国へ続くかのように長い梯子。そして、銃を手にした細長い足の男……。これは、単なる偶然なのだろうか。

世界の噂

アメリカ横断怪奇ツアー・その三

ユタ州

異世界に転生するのは、小説の中だけの話とは限らない。

一九七二年五月、ユタ州の女子学生四人がロデオを楽しんだのち、寮へ車で戻っていた。彼女たちが走っていたのはガディアントン渓谷を貫くハイウェイ56。過去に強盗団が支配していた地として知られ、また「地獄の門がある」「悪霊が彷徨《さまよ》っている」などの噂が絶えず、現地の人間は夜間に近づかないようしている場所だった。

しかし彼女たちにはここを通らなくてはならない理由があった。門限を迎える前に、近道であるハイウェイを走り抜けて寮へと到着しなければいけなかったのだ。

夜十時過ぎ、車を運転していたジャンナ・ノスは奇妙な事に気が付いた。いつのまにか道路がアスファルトから、ひび割れた白色のセメントに変わっていたのだ。一本道である、間違えるはずもない。戸惑っているうちに、自動車は停まった。停まらざるを得なかった。道路が途切れ、巨大な岩壁が目の前にそそり立っていたからだ。

仕方なく来た道を戻っていた最中、助手席のベス・ゴードンが「変よ」と叫んだ。わずかに植物が生えるばかりだった砂漠が、一面の麦畑になっている。五月という季節に不釣り合いなほど立派な麦は、数分前まで見えなかった満月に青々と輝いていた。

何が起こったのか把握できないまま車を走らせ続けていると、やがて町の灯りが見えてきた。彼女たちは助けを求め、レストランらしき店の駐車場に停まった。その店のネオンサインは奇妙なねじれ模様をしており、英語はもちろん、これまでに見たどの国の文字でもなかった。

置かれている状況が飲み込めずにいると、店から一人の男が出てくるのが見えた。ジャンナはすぐに運転席から飛び出し、彼の元へ走り出した。

だが、残りの三人が車で彼女の帰りを待っていると、まもなくジャンナが駆け戻ってくるなり「すぐにここから逃げるよ」と絶叫して車を発進させた。

「あれは人間じゃなかった！」

そう叫んだ直後、見た事もない卵型の車が彼女たちを追いかけてきた。

三輪タイヤの、強烈なヘッドライトを持つ卵型の車は恐ろしいスピードで彼女らの背後に迫った。

もうダメだと思った次の瞬間、ジャンナたちの車は元の砂漠に戻っていた。奇妙な車も見たことのない町の光も全く見えなくなっていた。ただ、車はタイヤがパンクし、車体もまるで岩にぶつかったように壊れていた。

翌日、砂漠を歩いていた彼女たちは保安官に保護され、昨夜起きた出来事を包み隠さずに報告した（一連の出来事は、この時対応した保安官ヴィック・ランデクイストの報告書に基づいている。つまり公式な記録なのだ）。

証言に基づいて保安官は付近を調査したが、彼女たちの車が砂漠を走った痕跡は一つも発見されず、唯一残っていたタイヤ跡は砂漠から数メートルの位置で忽然と消失していた。

一体、ジャンナたちが迷い込んだのはどこだったのだろうか。

モンタナ州

同州最大の都市、ビリングス。イエローストーン国立公園で有名なこの街では「兵士の幽霊を見た」という報告が絶えない。しかし、ビリングスには米軍基地など存在しない。どうやら兵士の幽霊は、過去にこの街で起こった悲劇と関連しているようだ。

一九四五年十二月、第二次大戦の帰還兵を乗せたC－47輸送飛行機が、ワシントン州シアトルへ向かう途中でビリングス近郊に墜落した。当日は寒波による吹雪で視界が悪く、緊急着陸を試みて失敗したのである。

当時、救助にあたった警官ジョージ・カニンガムは「飛行機は明らかにコントロールを失っていた。パトカーで追いかけると、まもなく飛行機は森にぶつかり機体の底が木々で引き裂かれるのが見えた。その裂け目から人影が雪の上に落ちて、川に放り投げた飛び石のようにピョンピョン跳ね飛ばされていた。これから地獄が始まるぞと確信した」と証言している。

彼の予感どおり、事故現場の雪原は酸鼻《さんび》をきわめた。搭乗員のうち十七名が即死。残る四名も瀕死の重傷で、致命的な火傷《やけど》や四肢損傷を負っていた。

しかし、一番の悲劇はこの後に待っていた。

当時のビリングスは今と比べ物にならないほど小さな町だった。つまり十七名の遺体を安置する施設など存在しなかったのである。当然、冬とはいえ温度管理がなされた場所に置く必要がある。やむなく十七人の遺体は２２３アベニューにある地元食料品店の冷蔵倉庫へ保管された。肉や魚と一緒に黒焦げの死体が並んだのである。

それから七十年以上が過ぎた。

食料品店はパスタ店やアンティークショップへと変わり、現在は空き店舗になっている。目抜き通りにありながら、誰も借り手がつかないのである。理由は言うまでもないだろう。

今もこの付近では、軍服姿の全身真っ黒に焼け爛れた人影が目撃されている。

バーモント州

バーモント州のニューヘイブンには、「死体を覗き見できる墓」が存在する。

ここに眠っているのは十九世紀の医師、ティモシー・クラーク・スミス。彼は「生きたまま埋葬されてしまうのではないか」と日頃から絶えず恐れていた。実際、当時は死んだはずの人間が生き返った事例が数多く報告されている。中には目覚めたものの墓から出る事が出来ず、棺の内側に無数の引っかき傷を残して再び息絶える人間も存在したという。

医師であるスミスは、我が身にその悲劇が降りかかるのをひどく怖がっていたのだ。そこで彼が取った手段は、余人には想像もつかないものだった。スミスは正方形の墓石の中央にガラスの小窓を設け、外から棺の様子が確認できるように細工を施したのである。

一八九三年、奇しくも死者の祭りであるハロウィーンの日にスミスは息を引き取った。亡骸《なきがら》は遺言どおりガラス窓付きの墓石の下に埋められ、百年以上が過ぎた現在も、誰でもチェックできる状態となっている。

残念ながら臆病な医師が蘇生したという報せはない。しかし、奇妙な報告は多い。

彼の死後、この墓の周辺では怪しげな緑の発光体がたびたび目撃されているのだ。「ウィーク・イン・ワイアード」というサイトによれば、スミスの墓のガラス窓から緑色の光が墓地の奥まで飛んでいったと主張する者や、ガラス窓を覗き込んだ際に、生き生きとした男の顔が見えたと断言する者が何人もいるという。

同サイトによれば、現地では「夜中に墓のガラス窓を三回ノックすると、スミスが現れる」と信じられている。これを聞いた若者たちが実際に拳でガラス窓を三回叩いた直後、墓の下から悲鳴が聞こえ、慌ててその場から逃げたという話も残っている。

もし、あなたが勇気の持ち主ならば、無謀なるチャレンジのためにバーモントを訪ねてみるのも良いかもしれない。

アイオワ州

アイオワ州ダベンポートの地方新聞「クラリオン・サン・テレグラフ」紙に一九二九年、奇妙な記事が掲載された。

州内にあるウルクハンマーという町が「消失した」というのだ。

騒動の発端は、この町上空で撮影された航空写真だった。写っていたのは、まるで無人としか思えない状態だったのである。更にそれからおよそ一週間後。ある男性がウルクハンマーを訪れ、ガソリンスタンドで給油をおこなった。ところがいざ走り出してみると、満タンにしたはずのタンクが空になっている。彼は「店員に騙された」と憤慨し町へ引き返した。ところがどれほど走っても、男性は出発してきたばかりのウルクハンマーに到着出来なかったのだ。結局彼は二時間ほど走ってガス欠になったところを、別な車に助けられた。その際自身が体験した奇妙な出来事を話し、これが記事になったのであった。

何とも衝撃的なニュースだが、この出来事が広く知られる事はなかった。記事が掲載されたその日にウォール街の大恐慌が起きたため、誰も関心を寄せなかったのだ。

さて、三年後の一九三二年、イリノイ州からやってきた旅人の一行がウルクハンマーの郊外にキャンプを張った。うち数名は酒や食料を購入しようと町の雑貨店に足を向けた。ところがいざ店に着いても彼らは入る事が出来なかった。ドアを押した手がすり抜け、建物に指一本触れられなかったのだ。

この奇妙な報告を受け、アイオワ州警察はウルクハンマー保安官事務所を訪問する。ところが、やはりドアをノックしようとした拳は空を切り、とうとう目の前にある建物に入る事は、誰もかなわなかったのである。そのわずか数日後、ウルクハンマーを通り過ぎた農民が「町から建物が全て消え、放棄された畑と真鍮の浴槽が一個、ポツンとあるばかりだった」と報告する。こうしてウルクハンマーは、完全にその痕跡をこの世から消したのである。

まるで町自体が幽霊であったかのような話だが、これを作り話だと主張する人間は多い。彼らいわく、この物語は二〇一五年に「ストレンジ・ステート」なるサイトに投稿された完全なる創作で、ウルクハンマーなる町はおろか記事を載せた新聞さえ実在しないというのである。

私（鈴木）が調べてみると、その投稿は「母親の遺品から、幻覚としか思えない内容の手紙が出てきた」というもので、記述こそ詳細ではあるが証拠となる品などは明記されていなかった。なるほど、この手紙自体が捏造だという可能性は捨て切れない。けれども、アイオワ州が「消失の都」であるのは事実なのだ。

近年だけでも一九八二年にウエストデモインで十二歳の少年二人が、九五年にはテレビキャスターのジョディ・スーが、二〇一四年にはシャオ・トンという学生が、一八年には女子大生のモディ・ティベットが行方不明になり、それぞれ全米で大々的に報道された。一九年には十年間行方不明だったスーパーマーケットの店員が、冷蔵庫の裏の四十センチほどの隙間から遺体で発見されている。これほど多くの奇妙な事件が起こる州と考えれば、町ごと消えても不思議はないと思ってしまうのだが……さて、あなたはどうお考えだろうか。

コロラド州

旅行中、この州を訪ねた私に現地ガイドが「あと一ヶ月早く来ていれば面白いお祭りが見られたのに」と残念がり、「死者を運ぶお祭りなんです」と付け加えた。

その祭りは死者の名をとって「エマ・クロフォード・レース」と呼ばれている。

エマは、一八〇〇年代に母親とマニトゥスプリングスという町にやってきた女性だった。彼女が患っていた結核に、この地方の水が効くといわれていたからだ。水のおかげか彼女の病気はわずかに回復し、それに感動したエマは「もし自分が死んだら、この町にあるレッドマウンテンという山の頂上に埋めてほしい」と家族や婚約者に懇願していた。現地のネイティヴ・アメリカンが「あの山に葬られた時、あなたは町に永遠にとどまる事が出来るだろう」と予言していたらしい。

一八九一年、彼女は病により短い生涯を終える。婚約者は彼女の言葉にしたがって山へ棺を運んだ。着いてみると、頂に立つ木の枝にはエマの真っ赤なスカーフが結ばれていた。体の弱い彼女では到底登れるはずのない場所だったので、皆は非常に不思議がった。

それからまもなくして嵐が付近一帯を襲い、地滑りと大規模な洪水が発生した。エマの棺は自然の力によって地面から掘り出され、土石流と共に愛する町へと戻って来た。棺桶は砕け、亡骸はバラバラになっていた。そのため、洪水後には町のいたる場所から、彼女の遺体の一部が頻繁に発見されるようになった（現在でも、たびたび見つかっている）。町の人々は「エマは願いどおり、愛する町に永遠にとどまった」と噂したそうである。

これを記念して一九九五年から開催されているのが「エマ・クロフォード・レース」なのだ。棺に見立てた乳母車にエマ役の女性を乗せて大通りを疾走し、そのタイムを競うという、なかなかブラックユーモアが利いた祭りである。

先ほどのガイドによれば、この祭りの前後には、決まって古めかしいドレスを着た黒髪の女性が夜の山や町外れで目撃されるという話だった。彼は「エマが祭りを喜んでいるのでしょう」と笑っていたが、私はどうにも逆のような気がしてならない。

カンザス州

心霊写真はこの世に数多くあるが、次に紹介するのは心霊より奇妙な写真だ。

一九一六年二月、トピーカ・デイリーキャピタルをはじめとするカンザスの地方紙に、不思議な写真が掲載されて話題となった。

撮影したのは写真家のW・A・シンクレア。写っていたのは町の上にかかる黒雲の中を舞う、羽根の生えた人間……つまり、天使が撮影されたのである。

私もその写真（厳密にはその写真を複製した絵葉書）を見たが、確かに人間そっくりの発光体が街の上空を漂っていた。天使と言われればそのように見えなくもない。

この写真は掲載されるや議論の対象となった。「本物の天使に違いない」と奇跡を信じる者もいれば、逆に「良くない兆候だ」と主張する者もいた。中には「これはエリザベス・ポーリーではないか」と震える人間も少なくなかった。

エリザベス・ポーリーはカンザスで知らぬ者のいない、恐怖の対象である。十九世紀にカンザスの病院に勤めていた看護師で、非常に優秀かつ慈悲深い女性だったが、コレラに罹り若くして死亡。その亡骸はセンチネルヒルという丘の墓地に埋葬された。

ところがある時、彼女の墓石を四人のならず者が盗んでしまった。石灰岩で造られた墓石を売り飛ばそうとしたのである。

だが結局、彼らの企みは未遂に終わった。墓石を盗んだ直後、一人は撃ち殺され、他の二人は自動車事故で死亡、残る一人はなぜか線路に迷い込み、列車に轢き殺されてしまったのだ。

そんな逸話も手伝い、ポーリーは現在「ブルーライト・レディ」の名で恐れられている。盗難の際に行方不明になってしまった自身の遺骨を探し、体を青く光らせて彷徨う彼女を何十人もの住民が目にしているのだ。そして、ポーリーが目撃されたセンチネルヒルは、まさしく奇妙な写真が撮られた方角なのである。

果たして空を飛んでいたのは天使なのか悪魔なのか、それとも怒れる幽霊なのか。

もし画像を見たい場合には「WA Sinklier」で検索してほしい。私が入手した絵葉書と同じ、奇妙な画像に出会えるはずだ。その真偽は、あなた自身が判断していただきたい。

コネチカット州

コネチカットは全米屈指の奇妙な噂が多い場所である。異様に大きい頭を揺らしながら襲いかかってくる「メロンヘッド」、一八九五年から目撃されている獣人「ウィンステッド・ワイルドマン」、そして映画にもなった呪いの人形「アナベル」など種類が非常に豊富だ。しかし、これらはあくまで噂に過ぎない。

事実は、いつだって噂の何百倍も恐ろしい。

ニューヘブン・グリーンは、ニューヘブン市に存在する広大な（六万五千平方メートル）緑地公園で、ジャズ・フェスティバルや芸術祭などが開催され、憩いの広場となっている。だが、ニューヘブン・グリーンは初めから市民に愛される穏やかな場所だったわけではない。

ここはかつて広々とした墓地だった。街に移植したピューリタン（厳格で知られるキリスト教の一派）が慣習に従って、この場所に信徒を埋葬したのである。その数、何と十四万人以上。やがて一八二一年に慣習が廃止されると、遺骨は市内の別な墓地に移されたという。

ところが、それからおよそ二百年後の二〇一二年、事態は思わぬ展開を見せる。ハロウィーン前夜、ホームレスの女性がニューヘブン・グリーンで寝床を探していた。前日に大型ハリケーンが街を襲ったため、公園内には泥や折れた枝があちこちに散乱し、いつも寝ていた場所が使えなかったのだ。

彼女はアッパーグリーンというエリアに移動し、ハリケーンで倒れた大きな樫の木を見つけた。横倒しになった木のあった場所には、ぽっかりと洞窟のような穴が空き、天然のカプセルホテルになっている。「これは好都合だ」と喜び、女性は穴の中で横になった。しかし、まもなくその目にとんでもないものが飛び込んできた。骸骨が木の根っこに絡まっていたのである。

すぐに警察が呼ばれ、発掘作業が行われた結果、人骨は一八〇〇年代のピューリタンのものだと判明。移設されたはずが残っていたのだ。さらに調べていくうち、驚愕の事実が発覚した。全て墓地に移されたはずの遺骨は、およそ五千人分がそのまま埋めっぱなしになっていたのである。つまり、ニューヘブンの人々は人骨の上を散歩し、笑い、踊り、歌っていたのだ。

あまりにも広大で、かつ所有者が複数にまたがっている事もあって、残りの遺骨は一つも発掘されていない。だが、ニューヘブン市民が敬遠する様子はない。それどころか最近は「ゴーストツアー」と称して、この無数の死者が眠る墓地跡を観光名所にしているのである。

やはり、噂より事実の方が、何百倍も恐ろしく思えてしまうではないか。

ニューメキシコ州

コネチカット州が噂の宝庫なら、ニューメキシコ州はさしずめＵＦＯの倉庫だろうか。アメリカ南西部、メキシコとの国境に位置するこの州は、未確認飛行物体のエピソードが呆れるほど数多く残っている。資料によれば、一九四七年から五二年までに墜落や衝突が報告された未確認飛行物体のうち、十一基がニューメキシコ州で、十三基は同州近くの国境付近で起こっている。どう考えても尋常な数字ではない。

有名なものでは、一九四七年に発生したロズウェル事件だろうか。今さら説明が不要なＵＦＯ事件の代名詞だ。牧場に墜落した謎の飛行物体を米軍が回収、公式にプレスリリースしたため大騒動となった出来事である（リリースは数時間後に何の説明もなく削除されている）。

この出来事は長らく忘れられていたが、七〇年代に入ると「回収に関与した」と当時の大佐が実名でインタビューに答え、さらに別な人物が「異星人の死体を解剖した」と証言するに至って、世界で最も知られたＵＦＯ事件となった。

その後、一九九五年に米空軍は一連の出来事に関するレポートを提出。飛行物体は観測用の気球で、宇宙人の死体は別な実験で使用されたダミー人形を混同したものと結論付け、噂を一蹴した。

しかし、現在もロズウェル事件を調査する研究者は多い。

最近では、「ロズウェル事件は、その後に起こった出来事から目をそらすためのフェイクだ」と主張する者も現れている。そう、ニューメキシコ州ではロズウェル事件以降も複数箇所にＵＦＯが墜落しているのだ。

ロズウェル事件翌年の一九四八年三月にはアステカとハートキャニオン、アズテックにそれぞれ未確認飛行物体が落下。異星人の死体を回収したとの噂もある。このうち、アズテック事件は「ＵＦＯ由来の機械」を売ろうとした詐欺師の虚言として片付けられたが、二〇一一年になって、ＦＢＩの関係者が書き残したと言われるメモが見つかり（当局は否定しているが）騒動が再燃している。

また、一九六八年四月にはソコロという町で、保安官ロニー・ザモラがパトロール中に巨大な飛行物体と遭遇。この事件から数日間、周辺地域ではＵＦＯの目撃報告が急増した。この出来事も二〇一二年、「大学生たちによる熱気球を使ってのイタズラ」と発表された。しかし、熱気球でつくはずのない焼け跡が地面に残っていたり、当日の風向きから考えて熱気球ではあり得ない方向に物体が飛んでいるなど、未解決の要素が数多く残っている。

さらに一九七九年、同州ダルセで異星人と米軍が銃撃戦になったとの報告がある。実はこのダルセという地区、「UFOの格納基地がある」と噂されている場所なのだ。他にも、同州で頻繁に目撃される未確認生物チュパカブラが異星人だという説や、空軍基地近くで聞こえる正体不明の怪音「タオス・ハム」もUFOに関連があるという説もまことしやかに囁かれている。

それぞれは些細で眉唾な出来事だが、同州で発生し続けているという事実を考える時、そこに何らかの因果関係があるように思えてならないのは私だけだろうか。

ちなみに二〇一八年、航空当局は未確認飛行物体と遭遇したパイロットの無線記録を公開している。彼ら（目撃したパイロットは複数なのだ）が謎の飛行物体を見たのはアリゾナ州上空、位置的には、あのロズウェルから目と鼻の先の場所なのである。

バージニア州

次に紹介するのは、今回のアメリカ旅行中に聞いた中でも一番お気に入りの物語、「ゴリラ列車」だ。

一九五二年、ブルーリッジ山脈沿いにあるエヴィントン付近を走行中の列車が脱線した。この電車、実は普通の車両ではなかった。街から街へと移動するサーカス団が借り切って、団員と動物たちを運んでいたのである。団員は全員命に別状はなかったが、動物の多くは事故によって死亡。ところがその中で唯一死をまぬがれ、脱走した動物がいたのである。

それはゴリラ。三十匹以上のゴリラはひん曲がった檻から脱出し、ブルーリッジの森の中へ逃げていってしまった。すぐにハンターたちが狩猟隊を編成し、周囲一帯を捜索したものの、ゴリラは一頭も捕獲する事が出来なかった。

まもなく、このキャンベル郡で奇妙な報告が相次ぐようになった。

聞いた事もない獣の鳴き声がする、飼っている犬が何かに異様に怯えて動かなくなった、見た事もない毛むくじゃらの動物が窓から覗いていた、などなど……。中には停めていたトラックに真っ黒な動物が乗り込み、器用にハンドブレーキを解除してトラックを小屋に衝突させた、という通報もあったらしい。

もっとも、バージニアはゴリラが生息できる気候ではない。黒い大猿の目撃報告は年を追うごとに減り、一九八一年を最後に通報は途絶えてしまったという。

しかし、この話を教えてくれた地元の男性は「あいつらは絶滅していない」と言い張る。彼によれば、ビッグフットやサスカッチなど巨大猿人の報告が増加した時期と、ゴリラが逃亡した時期は一致するというのだ。

男性が主張するように、ゴリラは無事アメリカの各州に散らばったのか。そもそも脱線事故は本当に起こったのか。真相が気になるところだが、ゴリラ同様そっとしておく方が、関係者全員にとって幸福なのかもしれない。

ミズーリ州

ホラー映画の名作として語り継がれるウイリアム・フリードキン監督の『エクソシスト』。原作者のウイリアム・ピーター・ブラッティは、ワシントン・ポストに掲載された「悪魔憑き事件」の記事にヒントを得て小説を書いた。この悪魔憑き事件は、被害者の少年が住んでいた州になぞらえて「メリーランド悪魔事件」と呼ばれている。しかし、実際に壮絶な悪魔祓いの舞台となったのはメリーランド州ではなく、ミズーリ州なのだ。

一九四九年、十四歳の少年ロビー・マンハイム（仮名）は、霊能者である叔母の死後、遺品のウィジャ・ボード（西洋版のコックリさん）に夢中になっていたが、ある時期から奇声をあげて家族を罵倒するようになった。また、彼がそのような振る舞いをすると、決まって食器や本が空中を飛んだり、重い家具が勝手に動いたりと奇妙な現象が起こるようになった。

困り果てた家族は知人の神父に相談、彼のアドバイスで「悪魔祓い」が行なわれる事になった。しかし、最初のチャレンジは失敗に終わる。ベッドに縛り付けられていたマンハイムは拘束具を簡単に解き、抜き取ったベッドのスプリングで神父を殴りつけたのである。十四歳の少年とは思えぬ力に、誰も太刀打ちが出来なかった。

そこで、神父らはミズーリ州セントルイスに住む大僧正に援軍を求める。大僧正は彼をこちらへ連れてくるよう命じた。叔母が死んだ場所こそ、このセントルイスだったからだ。悪魔の本体はこの街にいると大僧正は確信したのである。

二度目の悪魔祓いは根気との戦いだった。儀式はおよそ二ヶ月、合計で三十回あまりも行われた。暴れる少年に鼻の骨を折られ、用意した聖水の瓶を割られても大僧正は粘り強く祈りを唱え続けた。

そして三ヶ月目のある日、悪魔はマンハイムの体を去った。その後、彼は再び憑かれる事もなく、平穏な人生を送ったと伝えられている。だが、大僧正はのちに「悪魔は死んだわけではない。去っただけだ。自分の存在を知らしめるために、この地を通じて再び姿を見せるだろう」との言葉を残している。

けれどもこの事件以降、現在に至るまでミズーリ州で悪魔憑き事件は起こっていない。大僧正の予言は誤りだったのだろうか。

私は、どうしてもそうとは思えないのだ。

最初に述べた映画『エクソシスト』は、憑依された少女リーガンを演じた子役、リンダ・ブレアの鬼気迫る演技で大ヒットとなった。リンダはこの作品によって、ゴールデングローブ賞の助演女優賞を受賞、アカデミー賞にもノミネートされた。だが、その後は作品に恵まれず、ついには七七年、麻薬所持で逮捕される大スキャンダルに見舞われている。

なぜ、あれほど神がかった演技を見せた彼女がその後は成功を得られなかったのか。まるで、あの作品だけに何者かの力が働いたかのようではないか。その真相は本人にしか分からないが、たった一つ、注目すべき事実がある。

リンダの出身地はミズーリ州セントルイス。悪魔憑き事件の舞台なのだ。

世界の噂

その大学はあまりにも

学校の怪談といえば、日本では小中学校もしくは高校が舞台と相場が決まっている。だが海外でも同じとは限らない。アメリカでは小中高より大学に関連した怪談奇談が非常に多いのだ。

ペンシルベニア州立大学のサイモン・ブロナー教授は、噂が蔓延する理由について「単位取得の厳しさなど、大学生活の不安を象徴しているのでは」と論じ「噂の多くが、クラスメートや下級生と寮で交わすお喋りを通じて受け継がれている。仲間とキャンパスの情報を共有する中で、とりわけ興味を引く噂話が広まりやすいのかもしれない」と分析し、また「多くの大学が先住民の跡地に建てられている事も手がかりになるかもしれない」と付け加えている。

なかなか興味深い意見だが、それが正しいかどうかは私（鈴木）自身も分からない。ならば読者と一緒に考える一助になればと思い、ここではこれまで蒐集した「大学の噂」を紹介してみたいと思う。

大学の噂で定番となっているのが「彫像が動く」という話だ。我々が知る中では、夜に二宮金次郎の像が歩くというものに近いかもしれない。

オハイオ州のシンシナティ大学では、ホールに置かれているライオンの石像が真夜中に唸るという噂がある。この石のライオンは処女が前を通った時だけ声を上げるのだという。

また、コロンビア大学では中庭のどこかに設置されているフクロウの石像を最初に発見した学生は卒業生総代（卒業式で送辞を述べる役、大変な栄誉とされている）になれるといわれている。メリーランド大学では校内に置かれた亀の像の鼻に触れると、スポーツで優秀な成績をおさめるとの噂がある。不幸を招くだけではなく、幸運にも恵まれるのが欧米流のようだ。

同様に多いのが絵画にまつわる噂。日本なら、音楽室のベートーベンの目が動くという話が、それに該当するだろう。

ミシガン州立大学には「メアリー・メイヨーの肖像画の目がこちらを見る」という噂がある。メイヨーは南北戦争の時に、女性のための教育組織を立ち上げた人物で、この大学の創設にも大きく関わっている。だがその偉業とは裏腹に、白黒で描かれた彼女の肖像画はどこか物悲しい表情で、ゾッとする雰囲気を帯びている。そのためか彼女の目が動いたと報告する学生が後を絶たないのだという。

続いての話はアメリカではなくイギリス。

ロンドン大学にあるカレッジには「計画は人に、処分は神に」という絵画が掛かっている。作者のエドワード・ランドシーアは、ロンドンのトラファルガー広場にあるライオン像を手がけた人物としても知られ、特に動物を描かせたら天下一品と評判の画家だった。だが、そんな彼の作品中でもこの絵はとりわけ変わっている。

描かれているのは、座礁した船に食らいつく二匹のホッキョクグマなのだ。これは一八四五年に起こった、イギリス人探検家が北極航海中に行方不明となり、その後に人骨だけ見つかった事件をモデルにしている。大学創設者のトーマス・ホロウェイはなぜかこの事件に魅了されており、ランドシーアが描いた作品を高額で買い取ったのだという。

エピソードが不気味なだけではない。実際、この絵は試験期間中、大きなイギリス国旗で覆われ、学生が見えないようにしてしまうのだ。なぜならこの絵を見た生徒は発狂すると信じられているから。その呪いを避けるために封印されるのである。

大学職員によれば、一九七〇年代に「絵を見た学生が正気を失い自殺した」という噂がささやかれるようになり、一九八四年に新聞記事で紹介されて以降、爆発的に広まったのだという。自殺した学生が「ホッキョクグマに命じられた」と繰り返していたとの噂もある。真偽は不明だが、現在も試験中に絵が封印されているのは、紛れもない事実なのだ。

我々がこの呪われた絵画を見る唯一の機会は、毎年六月に行われるキャンパスの一般開放。幸運にもこの時期にロンドンを訪れた際は、ぜひその目で確かめてみてほしい。

歴史の長いイギリスには、他にも数多く「大学の噂」がある。

ユニバーシティ・カレッジ・ロンドンの寮には、エマ・ルイーズという女性の幽霊が出ると噂されている。この寮には、かつて周辺施設と行き来できる地下トンネルがあったのだという。エマはそのトンネルで惨殺された女性だというのだ。

二〇〇四年、寮に住む学生数名が「三回名前を呼ぶとエマが現れる」という噂を聞いて、呼び出してみようと実験をおこなった。エマの名前を三回告げ、「もし居るなら笑って」と呼びかけたところ、館内にけたたましい笑い声が一晩中響き渡ったという。

エマ・ルイーズが実在していたかどうかは意見の分かれるところだが、次に紹介するのは正真正銘、実在の人物にまつわる「大学の噂」だ。

ケンブリッジ大学のシドニーサセックス・カレッジでは「首無しの幽霊が出現する」と噂されている。その正体は、オリバー・クロムウェル。十七世紀に活躍した軍人である。クロムウェルは一六五八年に病死したが、その後に行われた裁判で生前の罪を問われ、有罪になった。人々はクロムウェルの遺体を墓から掘り起こすと首を刎ね落とし、ウエストミンスター宮殿の屋根に四半世紀もの間、晒し首にした。その首が現在安置されている場所こそ、このシドニーサセックス・カレッジなのである。目撃者によると、首無しの幽霊は頭部を探すかのように、キャンパスをふらふらと彷徨っているらしい。

イギリスの「ガーディアン」紙によれば、クロムウェルの幽霊はここ以外にもロンドン市内のストランド地区にある建物（過去には弁護士事務所が入っていたが、現在はアジアレストランになっている）でも目撃されているという。登場する幽霊も年季が違うあたり、さすがは大英帝国と言ったところだろうか。

イギリス同様、アメリカ以外の大学にも奇妙な噂は多い。

文化人類学者のジョセフ・ボスコ准教授が二〇〇四年に香港の英字新聞「サウスチャイナ・モーニングポスト」紙に語ったところによると、彼が勤務する香港中文大学には「一条鬢路《ヤッティウビンロウ》」と呼ばれる幽霊譚が伝わっているのだという。

ある男子学生が夜に大学裏にある池の前を歩いていると、髪を三つ編みに結った少女が立っているのに気がついた。いったい誰だろうと思い近づいてみると、その少女の顔は掌のようにべったりとしていて目鼻も口もなかった（真っ平らの顔から三つ編みがもう一本伸びているというバージョンもある）。学生は慌てて逃げ帰り、翌日仲間にその事を話すと、他にも多くの学生が同じ女の子を見ている事が判明した……という物語である。

噂では、この少女は中国本土から列車に乗って不法入国を試みたが、入国審査を避けようと大学がある付近で列車から飛び降りたのだという。ところがその際、三つ編みの髪が列車のドアに絡まり、髪の毛も顔の皮も引き千切れて死んでしまったのだ。以来、少女は自分の顔を探して付近を彷徨っているのだそうだ。

他にもこの大学には「牛のスープ」という話も伝わっている。ひとりの男子学生が女子学生と恋に落ちた。女子学生は偶然にも彼の真上の部屋に住んでおり、時折牛のスープを作っては器に入れて紐で窓から下ろし、男子学生に提供していたのだという。ある年の試験期間、二人はテストが終わるまで会わないと約束を交わす。だが、牛のスープだけは真上の部屋から毎晩のように下りてきた。試験が終わり、彼女にスープの礼を言おうと女子学生の部屋を訪ねた彼は、彼女が試験期間に急死していた事を知らされる。亡くなったのは試験が始まってまもなく。つまり、スープを受け取った時にはすでにこの世の人間ではなかったのである。

ボスコ准教授によると、香港人にとって「スープを作る」という行為は母親が子に行う象徴であり、この男女学生が家庭的なつながり、つまり男女の仲であった事を示唆しているのだという。噂を掘り下げるとその国の文化が見えてくる、興味深い事例である。

同じく、その国の文化にまつわる噂をもうふたつ。

ドイツのハイデルベルク大学には、かつてここで教鞭を取っていた教授の幽霊が出るといわれている。その教授はナチスドイツ時代の人物だったが、ユダヤ人である事を理由に強制収容所へ送られ、そのまま二度と帰ってこなかった。彼の幽霊は、しばしば講義室で目撃され、また黒板に古い単語がいつの間にか書かれている事が現在もあるらしい。

ロシアのモスクワ大学では真夜中になると、校舎の最上階で何かを建設するような音と泣き声が聞こえると噂されている。これはここを建設した労働者の幽霊で、彼は建設中の事故で亡くなったのだという。しかし当時はソ連時代だったため、国に事故の責任を問う者はおらず、労働者の死は無かった事にされてしまった。彼はその無念を訴え、夜ごとに音を響かせているというのである。死してなお労働に勤しむあたり、いかにもロシアといった趣きの幽霊譚だ。

話を再びアメリカに戻そう。

米国で最も大きな女子大であるマサチューセッツ州のスミスカレッジは、大学の色々なランキングを調査するサイト「カレッジ・コンセンサス」が「アメリカで最も幽霊の多い大学」に認定したことでも知られている（ちなみに二位はインディアナ州のノートルダム大学）。また、大学の公式サイトにも、校内に出現する幽霊の一覧を掲載している変わった学校でもある。

とりわけ有名なのは、捕虜となって学生寮（かつては将軍の邸宅だった）に軟禁されたイギリス兵と、将軍の娘の幽霊だ。イギリス兵は処刑され、それを悲しんだ娘は自殺した。その二人が、今もお互いを探して血まみれで彷徨っているというのである。新入生はハロウィーンの日に、彼らに会えるよう深夜の真っ暗な寮内を散策するのが伝統となっている（そして多くの学生が実際に人影を見たり、すすり泣きを耳にするという）。

また、ガスオーブンのスイッチを切り忘れたために死亡した女性の霊や、屋根裏部屋に閉じこめられて死んだ男児、そして泥棒と間違え我が子を斧で斬り殺してしまい、それを悔いて自殺した母親、地下通路に誤って転落し餓死した少女の幽霊などが、この大学には出現するといわれている。一説には、非常に有名な「灯りを点けなくて良かったな」という話（寝ている間にルームメイトが惨殺されており、殺人犯が壁にタイトルにもなっているメッセージを残すという物語）の発祥の地とも伝えられている。入学を躊躇するような話ばかりだが、中には幽霊に会いたくてこの大学を選ぶ生徒もいるというから驚きだ。

テキサス州立大学も奇妙な噂に好意的なキャンパスだ。ここはアメリカの雑誌「USニュース&ワールドレポート」に「国内で最も幽霊が出る大学」と紹介されている。そんな噂を逆手にとる形で、この大学では毎年、新入生対象のゴーストツアーが行われている。敷地内に出現するのは、自殺した後も自分の教室を探し続ける「本を抱えた女学生」や、電話に割り込んで「助けて」とささやく声、夜中に寮のドアを叩きまくる謎の手などバラエティーに富んでいる。

また、ジョージア州のエモリー大学には亡霊のマスコットが存在する。彼の名前はドーリー。シルクハットと黒いマントを身にまとった骸骨の男だ。彼はもともと独立戦争の時代に生きていた男性だったが、アルコール中毒で死亡し、この大学の科学研究室に骨格標本として飾られる事になったのだという。一八九九年、この骸骨が歩いているのを目撃したとの証言が大学新聞に掲載され、ドーリーは大学関係者全員の知るところとなった。

それから百年以上、現在は骸骨に扮装した学生が構内を練り歩く「ドーリーウィーク」（何と一九四一年から続いている）を催すほど有名な存在になっている。恐怖がりつつも楽しんでイベントにしてしまうのは、国民性なのだろうか。

最後は、ちょっと変わった幽霊譚を紹介して終わろう。

ペンシルベニア州立大学では「ラバの幽霊が出る」と噂されている。

一八五七年、コーリーという名の一頭のラバがキャンパス建設を手伝っていた。ラバはロバと馬の交雑種なので体が大きく、荷運びに使われていたのである。仕事をすべて終えたのち、大学はこのラバを二百ドルで購入し、敷地内で飼育していた。

コーリーは学生や職員に可愛がられながら育ったが、一八九三年に亡くなってしまう。学生たちはマスコットの死を悼み、骨格を標本として保存する事に決めた。標本は本館に展示されていたが、火事を経て地下室にしまわれる事となった。その頃には、すでにコーリーの存在を知る者はほとんど居なかった。

それと前後して、ラバの幽霊を目撃する学生が増えた。地下室のドアの前に立っている姿を見た者、ホールを放浪している姿を目撃した者。施設の周りで蹄の鳴る音を耳にする者。初めこそ職員たちは「学生のいたずらだろう」と相手にしなかったが、そのうち何人かのスタッフがその目でラバを目撃し、噂は一気に広まった。現在も、大学周辺でラバの姿を見たという報告が定期的にもたらされるそうだ。

ちなみにラバは交雑種で妊娠できないため、しばしば不妊や流産の呪いに使われる。蹄の削りカスを蜂蜜に混ぜたり、小麦粉に練りこんでパンにしたものを憎い相手に食べさせると、その人は一生子供ができなくなるのだという。

動物の噂

奇妙な蛇の話

動物にまつわる奇妙な噂では、ことさら蛇がらみの話が多い。この細長い体を持つ爬虫類ほど、人類に忌み嫌われている生物はいないのではないだろうか。

日本に「夜中に口笛を吹くと蛇が来る」との言い伝えがあるように、アフリカにも「夜中に蛇という単語を口にしてはいけない」という教えがある。自分が呼ばれたと思った蛇は、その者の家に侵入し喉に咬みつくのだという。やむなく蛇について言及する場合は「長いロープに似た、あの生き物」などと置き換えるそうだ。この禁忌は夜に騒ぐ子供を戒めるために生まれたといわれている。

これほど蛇が敬遠されるのは、単なる個人的な好き嫌いが理由ではないらしい。カリフォルニア大学のリン・イスベル教授がこれに関し興味深い実験を行っている。サルに様々な画像を見せて脳内の視床枕（危険に反応する部位）の反応を確認したところ、蛇の画像を見た場合、他の画像に比べて反応が著しく速かったのである。リン教授は「毒を持つ蛇に素早く対処するため、霊長類は迅速に反応できるよう進化したのではないか」と考えている。

遺伝子レベルで嫌悪されているとあって、蛇にまつわる噂や奇妙な事件は多い。アダムとイブが蛇の策略により楽園を追われたのちも、人類は忌むべき爬虫類に狙われ続けているのだ。


アメリカを旅行中、蛇にまつわる定番の噂「トイレの蛇」と「コートの蛇」を複数の人から聞いた。前者は便器の中に、後者はクローゼットに保管した毛皮のコートのポケットに毒蛇が侵入しており、哀れな被害者は臀部《でんぶ》や局部、あるいは防寒のためにポケットへ突っ込んだ手を咬まれて大変な目に遭うという物語だ。蛇に対する潜在的な恐怖が生んだ古典的な噂で、その起源は十九世紀にまで遡《さかのぼ》る。(正しい意味での)都市伝説の一種だろう。

ところがこの呪われた生き物は時として、噂を恐るべき現実に変えてしまう。

一九八八年、ペンシルベニアの若いカップルが量販店でマットレスを購入した。自宅のベッドに設置してまもなく、彼らはマットレスの内側で何かが蠢《うごめ》いているのを目撃する。その動きはどう見ても細長い蛇にしか見えなかった。二人はすぐ店に返品し、新しいマットレスに交換して貰う。これでようやく安心して寝られると思ったのも束の間、カップルは交換品のマットレスにも同じ生き物の蠕動《ぜんどう》を認めたのである。店を信用できなくなった彼らは、フィラデルフィアにある製品調査ラボにマットレスを持ち込んだ。すると、マットレスの中から七十センチほどのリボンスネークという蛇が見つかったのだ。カップルは量販店に二万ドルの損害賠償を求め、勝訴したという。

また、オーストラリアのブリスベンでは二〇一九年、トイレに腰を下ろした女性が蛇に咬まれている。「ミラー」紙によると、ヘレンというその女性は義姉の家へ遊びに行った際、トイレに行って電気をつけずに便座へ腰を下ろしたのだという。その直後、臀部に鋭いもので突かれたような感触があった。この時彼女は「蛙かしら」と思ったらしい。過去にもこの家のトイレで、迷い込んだ蛙を目にしていたからだ。ところが立ち上がって便座を覗くと、そこにいたのは二メートル近い長さのニシキヘビだったのである。勇敢な彼女は箒の柄を使ってトイレの蓋を閉め、その上に植木鉢を置いてから、駆除業者へと連絡した。業者によって無事捕まったのはカーペットニシキヘビ。ヘレンの傷も幸いな事に軽傷だった。

ニシキヘビは無毒であるが、咬まれると破傷風になる場合もあるので適切な治療を受けてほしいと「サン」紙はアドバイスしている。

ベッドやトイレの中に蛇が潜んでいるかもしれない恐怖は、耐えがたいものがある。かといって、あらかじめ駆除してしまえと考えるのは得策ではない。

二〇一三年三月、テキサス州に住む女性が庭先で一匹の蛇を発見した。この手足のない生物がことのほか嫌いだった女性は、何と蛇にガソリンをかけ火を放ってしまう。

しかし、蛇もただでは死ななかった。燃えさかったまま壁の隙間から屋根裏へ滑り込み、女性の家を全焼させてしまったのである。幸い女性自身は無事だったが、虐待の代償は予想以上に大きかったようだ。

二〇一六年、中国四川省の村で信じられない騒動が起こっている。人為的な行動により蛇が大発生したのである。信心深い仏教徒の女性が、山間の村に九百匹あまりの蛇を放ったのだ。

生き物を自然に戻す事で徳を積む「放生《ほうじょう》」という儀式だったらしいが、驚いたのは無関係の村民である。たちまち村はパニックになり、人々は九百匹の駆除に追われる羽目となった。成都市野生動物保護センターは、捕獲された蛇の中に有毒種を確認。危険な行動を非難すると共に「生態系に影響を及ぼす可能性もある。このような行為は慎んでほしい」と警告している。

中国の事件では幸い死人はゼロだったが、以下の事件では犠牲者が発生している。同じく二〇一六年、インドネシアのジャカルタで二十代の女性歌手がキングコブラに咬まれ、亡くなった。このキングコブラはステージの演出用に置かれていたもので、歌手が誤って尾を踏んでしまったために、怒って太ももへ咬みついたのである。

コブラの調教師が血清を打つよう勧めたものの、歌手は「プロとしてステージを途中で止める事は出来ない」と歌い続けた。その結果ステージで痙攣を起こして倒れ、死亡してしまったのだ。

この模様を観客が携帯電話で録画していた事から、騒動はまたたくまに拡散。現在でも動画がネットに出回っている。人の不幸も好奇心には勝てないという事か。

キングコブラは一咬みで人間なら二十人、象一頭を殺すほどの神経毒を持っている。インドネシアでは蛇を演出に使うショーが多く、あらかじめ牙を抜いておくのだが、今回のキングコブラは処置がされていなかったようだ。命がけの舞台、とはよく聞く言葉だが、本当に命を失ってはたまらない。


日本で「奇妙な蛇」といえば、誰もがツチノコを思い浮かべるはずだ。

未だその正体が謎に包まれているこの蛇は、藁を打つ槌そっくりの太い体を持ち、高く跳躍したり地面を転がったりしながら、発見者を襲撃するといわれている。

実は、このツチノコによく似た未確認生物がアメリカにも存在する。


テキサス州やノースカロライナ州では、十八世紀から「フープ・スネーク」という蛇の噂が語り継がれている。フープ（桶を留める金輪）の名前通り、この蛇は神話に登場するウロボロスのように自分の尾を飲み込んでリング状となり、転がってくるのである。その速さは何と時速九十キロ。ハイウェイを走る自動車並みのスピードだ。獲物に追いついたフープ・スネークは尾の先にある毒針を相手に刺し、犠牲者を死に至らしめるといわれている。

この攻撃を避けるためには柵の後ろに隠れるのが良いそうだ。フープ・スネークは柵を越えるために輪っかを解かざるを得ず、普通の「蛇腹」になると、速度が極端に遅くなるため逃げられるのだという。

だが、三世紀に渡って語り継がれ多くの文献に記されているにもかかわらず、この恐るべき蛇の捕獲事例は一件もない。生物学者の多くは「アメリカ全域に棲むドロヘビを見間違えたのだろう」と推測している。ドロヘビは無毒だが、尾の先端を相手に押し付け威嚇する習性がある。これを誤解したのではないかというのだ。

しかし、ツチノコと同様にフープ・スネークの目撃報告は非常に多い。ロバート・ベンジャミンというペンシルベニア州在住の男性は、一九六〇年代に農場でフープ・スネークを父と一緒に目撃したと証言。二〇〇三年にはジョイス・デンハムという男性が、南米リオ・グランデの砂地を横切るリング状の蛇と遭遇している。

フープ・スネークは実在するのか、ただの伝説なのか。
私たちが蛇に悩まされる日々は、まだしばらく終わりそうにもない。

世界の噂

アメリカ横断怪奇ツアー・その四

ウェストバージニア州

三億円事件、グリコ・森永事件……未解決事件はいつまでも人々の好奇心を掻き立てる。それはアメリカでも同じようで、半世紀以上前の未解決事件がテレビ番組や書籍で盛んに取り上げられている。とりわけ、ウェストバージニア州で起きた「ソッダー家の子供たち」事件は、八十年以上が経った今も話題が尽きない。ただひたすら不気味な事件なのだ。

一九四五年のクリスマス・イヴの夜、同州フェイエットヴィルの町で一軒の家が火災に見舞われた。この家に住んでいたのはジョージ・ソッダーとジェニー夫婦、そして彼らの子供たち九人だった。

消防隊が駆けつけた時には、すでに家屋はほとんど全焼の有様だった。ジョージ夫妻は何とか我が子を救出しようと試みたが、かろうじて助け出せたのは四人のみ。残り五人は火に包まれてしまった。焼け跡を見る限り、彼らの生存は絶望的だった。

ところが、悲しみに暮れていた夫妻は、まもなく奇妙な事実に気が付いた。五人の遺骨がどこにも見当たらないのである。家が全焼するに至った時間はおよそ四十五分。人の骨が跡形もなく炭になるほどの時間ではなかった。その後、夫妻が探偵を雇って調査した結果、火災と前後して幾つもの奇妙な出来事が起こっていた事が発覚する。

その種類があまりに多種多様に渡るので、事実だけを並べてみよう。

◆火事の二ヶ月前、保険外交員を名乗る男がソッダー家を訪ね「煙にご注意を、あなたの子供が壊されますよ」と言い残している（警察の捜査でも、この男の正体は分かっていない）。

◆火災の前週、新品に交換したはずの電気のヒューズボックスが破壊されていた。

◆出火する直前に謎の電話があった。妻が受話器を取ると女の笑い声だけが聞こえ、そのまま電話は切れた。

◆ところが出火の際、ジョージが消防署へと通報した際には電話線が切断されていた（後日調査した結果、電話線は焼け落ちたのではない事が判明している）。
◆電話が繋がらないと知ったジョージは隣家へと走り、電話を借りて消防署に連絡を試みるが、この家の電話も不通だった。
◆また、火事を目撃した運転手が近所のバーに駆け込んで電話を借りたものの、この店の電話も繋がらなかった。
◆屋根裏部屋の子供たちを助けようと、ジョージは梯子を探した。しかし、普段なら外壁に立てかけてあるはずの梯子はどこにも見当たらなくなっていた（のちに梯子は、自宅から数十メートル離れた水場の底に沈んでいるのが見つかっている）。
◆火事の直後、ソッダー家からブロックを盗んでいる男を隣人が捕まえた。彼は「電話線を切ったのは自分だ」と告げたが、奇妙な事に警察にこの男の記録は一切残っていない。
◆消防署へ連絡しようとジョージは愛車のピックアップトラックに乗ったが、エンジンが壊れて動かなかった。当日の昼まで、車は問題なく稼働していた。
◆当日の夜に付近を運転していたバスのドライバーが「火の玉を屋根に投げつける、数名の人間を目撃した」と証言している。また、近所に住む複数の人物が「燃えさかる家を、遠くから子供たちがじっと見つめていた」と証言している。
◆焼け跡から生焼けの内臓らしき部位が見つかったが、調査の結果これは人間のものではなく牛の肝臓だと判明した。ソッダー家で牛の肝臓を購入した事はなく、また、全焼するほどの火災で内臓が焼け残る事は考えられない。
◆夫妻はＦＢＩの調査申請を依頼したが、地元警察も消防署もそれを断っている。
◆ワシントンの病理学者が焼け跡を調査したところ、新たに人の腰椎の骨片を見つけた。ところが調べてみると、この骨は年齢的に考えて行方不明の子供のものではなかった。また、この規模の火災で腰椎だけが焼け残る状況は有り得ない事も判明した。
◆州議会は事件についての公聴会を二回開いたものの、州知事と州警察長官はこれ以上の捜査を拒否。ＦＢＩが（州をまたいだ誘拐の可能性を考慮し）管轄権を譲るよう求めたが、これも州は拒否している。

あまりにも不穏な情報の数々におののき、人々は犯人を噂しあった。イタリア系移民のジョージがムッソリーニを批判していたために報復されたという説、地元警察と結託したシチリア系マフィアに消されたという説、国際的な児童誘拐組織による犯行説などなど。中にはこの地域で恐れられている未確認生物「ホワイトシング」の仕業ではないかという荒唐無稽な話もあった（同州の未確認生物は「モスマン」が有名だが、この時期にはまだ浸透していない）。しかし、いずれの説も、証明するに足り得る証拠は見つからないまま。事件は迷宮入りになると誰もが思っていた。

ところがおよそ二十年後の一九六七年、妻ジェニーの元に一通の封筒が届く。ケンタッキー州の消印が押された封筒には、見知らぬ青年を撮影した一枚の写真だけが入っており、写真の背面には驚くべき言葉が記されていた。

〈ルイス・ソッダーより／フランキー兄さん、愛しているよ／アイリルボーイ／Ａ９０１３２または３５〉

火事の時に九歳だった行方不明の息子、ルイスの名前が書かれていたのだ。フランキーは兄弟いずれかのあだ名、アイリル（原文では Illil と表記）はアイリトルボーイ、「私は幼い少年です」の意味ではないかと推察された。しかし最後の数字については家族の誰も意味が分からず、写真の青年がルイスなのかも真偽不明のままだった。夫妻はその後も独自に調査を続けたが、進展がないままジョージは六九年、ジェニーは八九年にこの世を去った。

現在も、この奇妙な事件を自ら解決しようとプロアマ問わず多くの人間がフェイエットヴィルを訪れる。しかし、彼らの中に新しい情報を発見したという者は、まだいない。

マサチューセッツ州

二〇一七年、「ザ・サン」紙に何とも奇妙な記事が掲載された。

マサチューセッツ州政府事務所の壁に掛けられた絵画に、信じられないものが描かれていたというのである。

問題の絵画は、イタリア人画家ウンベルト・ロマーノが一九三三年に制作した「ピンチョン氏とスプリングフィールドの入植」。十七世紀の毛皮商人ウイリアム・ピンチョンが、スプリングフィールドを創設した際の様子を描いたものである。

絵にはピンチョンはじめ数人の白人と、それを取り囲むネイティヴ・アメリカンたちが描かれている。アメリカ入植の模様を描写したありがちな絵画だが、右下に描かれているネイティヴ・アメリカンの手を見る時、鑑賞している人間は一様にその評価を一変させる。

彼が握りしめているのは小さな長方形の黒い物体……どう見ても、スマートフォンなのである。しかも、ネイティヴ・アメリカンは手にした長方形に視線を注いでいる。まるで、ツイッターやインスタグラムをチェックでもしているかのように。

ここ数年の間に制作された絵画なら、このような場面も不思議ではない。しかし、先述のようにこの絵画は一九三三年に描かれ、それ以降は一箇所も加筆や修正されていないのである。

このような奇妙な時間のねじれは、他の絵画でもたびたび発見される。オランダの画家ピーテル・デ・ホーホが一六七〇年に制作した「玄関で女に手紙を渡す男」という絵画にも、スマートフォンらしき物体が描かれており（おまけにこれを発見したのは、アップル社のCEOティム・クックだった）、オーストリア人画家フェルディナント・バルトミュラーが一八六〇年代に描いた「期待」という絵画には、歩きながらスマートフォンのテキストを打っているとしか思えない女性の姿がある。

もちろんこれらは偶然の産物である可能性が高い。今回のロマーノの絵画に対して、歴史学者のダニエル・クラウンは「これは鏡でしょう、当時は鏡が大変珍しく、そのために先住民は凝視しているのです」と答えている。常識的に考えるならこの意見を採用するのが妥当だ。

しかし、あなたがこの絵画を隅々まで凝視したならば、荒唐無稽なスマートフォン説を否定できなくなるかもしれない。絵画の右上には首と両手に枷をはめられた半裸の男性と、杭へ両手を縛られ、杖で背中を打たれている男性、そして山羊とも犬ともつかぬ黒い獣と、その背後を箒にまたがって飛ぶ魔女が描かれているのである。

奴隷制度が廃止になる前の時代を描写した作品であるから、男性たちの容貌はまだ理解できる。しかし、魔女は何とも絵画の雰囲気にそぐわない。まるで隠されたメッセージのようだ。実はこの絵画の舞台であるスプリングフィールド、アメリカ最初の魔女裁判が行われた場所なのだ。また、魔女狩りで有名なセイラムの町があるのも、ここマサチューセッツ州なのである。

白人から土地と命を奪われる先住民が、最新機器の虜になっており、その背後では黒人が暴行されている。そして、それらの様子を魔女が笑いながら見つめている……どこか現代を予言している絵のように思えてしまうのは、私だけだろうか。

オハイオ州

奇妙な噂の幾つかは歴史的な出来事や史実によって作られる。その土地で起こった悲劇を忘れまいとする意識が幽霊や怪物を生み、半永久的に語り継ぐ装置として機能するのだ。だとすれば、以下に紹介するオハイオの噂も、悲しい歴史を伝える目的で誕生したのかもしれない。

同州ケント市にあるケント州立大学の学生寮では、奇妙な現象が定期的に報告されている。深夜の廊下を走る足音、午前二時の激しいノック（もちろんドアを開けてもそこには誰もいない）、踊り場とホールに響く悲鳴、壁に浮き上がった「ＨＥＬＰ」の黒い文字……。低予算のホラー映画ですら、採用をためらいそうなものばかりだが、発生場所がケント州立大だと聞いた人間は絶対に笑わない。ここは、同州で知らない者のいない悲劇の舞台だからだ。

一九七〇年五月四日、ケント州立大学ではベトナム戦争の抗議デモが行われていた。前の週にニクソン大統領がカンボジア攻撃を公表、国内各地で反発が起きていたのだ。大学に集まったデモ隊はおよそ二千名。その数に驚いた市長は緊急事態を宣言して、州に兵士の派遣を要請。そして当日、やって来た州兵らは非武装のデモ隊に向かってまっすぐに発砲したのである。

およそ十三秒の間に、七十発あまりの実弾が学生らを襲った。死者四名、重軽傷者九名。死亡した中にはデモ隊とまるで関係ない、講義に向かう途中にキャンパスを横断しただけの学生も含まれていた。

死者と負傷者はさらなる被弾を避けるため、仲間に引きずられ建物へ連れ込まれた。その場所こそ、数多くの奇妙な現象が見聞きされている、この学生寮なのだという。

長らく大学に職員として勤務する男性は「学生からの奇妙な報告は、事件の十年目、二十年目など節目となる年に著しく増加しているようだ」と教えてくれた。

忘れまいとする潜在意識が何かを見せるのか、それとも、死者が忘れないでくれと訴えているのか。二〇二〇年、大学は事件からちょうど五十年目を迎える。

サウスカロライナ州

同じ大学の噂でもサウスカロライナ州の場合は毛色が違う。悲劇も歴史も関係なく、ただただ不気味で奇妙なのだ。

サウスカロライナ大学には「三つ目男」の噂が半世紀以上前から伝わっている。最初の目撃は一九四九年十一月。真夜中の大通りを歩いていた大学生二人が、マンホールの蓋を外し下水道へ入っていく、銀色のスーツを着た男を目撃したのである。

「男の顔は灰色にくすんでおり、絶対に普通の人間ではなかった」と学生は証言したものの、この時点で彼らの話を信用する者はいなかった。

ところがそれから一年後、同じ通りをパトロールしていた警官が、やはり銀の服を着た奇妙な男に出会った。男はバラバラに千切れた鶏の死体を齧っており、警察官が声をかけるなり、ゆっくりと顔をあげた。男の額の中央には、作り物とは思えない眼球が付いており、警察官をまっすぐ睨んでいたという。応援要請で仲間が到着した時には、三つ目の男はすでに下水道へと姿を消していた。

これで終われば、三つ目男は少し変わった人物、あるいは妄想として片付けられていたかもしれない。だが、そうはならなかった。警察官が遭遇してからおよそ二十年後の一九六〇年代後半、三つ目男は再び人々を恐怖のどん底に陥れたのである。

舞台となったのはあの大通りのすぐ近くにあるサウスカロライナ大学。この大学の地下には市街のあちこちに繋がる地下通路があり、当時は若い学生の溜まり場として利用されていた。十月上旬のある夜、二人の学生が地下通路を歩いていると、突然銀色のスーツを着た男が彼らの前に立ちはだかった。額に「眼球そっくりの物体」を付けたその男は、意味不明な言葉で学生を激しく非難していたが、いきなり鉄パイプのようなものを振りかざし襲いかかってきたのだ。二人はダッシュでその場から逃げると、すぐに警察へと駆け込んだ。連絡を受けた警察は地下道を封鎖、付近を長時間に渡って捜索した。だが、三つ目の男はどこにもいなかった。

その後も三つ目男は定期的に目撃され、九〇年代初頭まで噂が絶える事はなかった。不思議にも物的証拠は何も見つからず、それが却って話の伝播に拍車をかけたという。

さて、この話を単なる噂だと笑えないのは、ここがサウスカロライナだからだ。サウスカロライナ州には「ガラ」と呼ばれる黒人たちが海沿いの群島を中心に暮らしている。彼らはガラ語という独自の言語を持ち、自分たちのルーツであるアフリカの文化を色濃く受け継いでいる。

そんなガラの代表的な居住地である同州ダウフスキ島を訪ねた者は、家の前に吊るされた板きれにギョッとするはずだ。板には、青色または灰色に塗られた手のひらのイラストと、真っ赤な目が描かれているのである。

これは彼らが信仰しているヴードゥーの魔除けで「邪眼」と呼ばれている。邪悪な眼球の力によって、悪いモノを追い払うのだという。

禍々《まがまが》しい目……地下通路を跋扈するあの男と関係があるようには思えないだろうか。

ジョージア州

この州で最高の観光地はどこかと問われたら、多くの住民が「パーティーレイクさ」と笑顔で答えるだろう。正式な名前はラニアー湖。一九五〇年代後半に造られた、アトランタ北部の人工湖である。その異名が示すように、ラニアー湖には年間およそ八百万人（！）の観光客が訪れ、釣りやボートやキャンプで夏を満喫しては「また来年、絶対に来るよ！」と必ず宣言する。不幸にも死んでしまった人を除いて……ではあるが。

そう、この湖は異様な数の死者で有名なのだ。州の統計によれば、ラニアー湖では年間百六十人以上が命を落としている。とりわけ、二〇一七年は六七五人という尋常ではない数の死亡事故が発生したそうだ。同規模の他州の湖と比較しても桁外れ、「来訪者が多ければ事故に遭う人間も増えるだろう」という理屈だけでは片付けられない数字だ。

数だけではない。溺死者の中には、奇妙な死因の人間が少なくない。酒に酔っておらず悪ふざけをしていたわけでもない観光客が、毎年死んでいるのだ。

その理由を地元住民は「墓のせいだよ」と教えてくれた。湖造成の際、この地にあった町が丸ごと買い取られて水の底へ沈む事になった。その中には墓地も含まれており、墓石の下に眠る遺骨の全てが移転できたわけではなかったのだという。住民は「その無念が仲間を誘い、水死者のレコードを塗り替えている」と言っているのである。事実、溺れて九死に一生を得た人の証言には「水中で腕を掴まれた」なるものが多い。

他の噂もある。地元ダイバーの男性は「湖で泳いでいた犬がナマズに飲み込まれるのをこの目で見た。溺死者の何人かはあのナマズにやられたんだと思う」と答えた。こちらも決して笑い飛ばせない話だ。ナマズの中には体長四メートルを超える大型の種類も存在し、子供や犬を飲み込んだ記録も数多く残っている。近年でも、ハンガリーで川に落ちた幼女が巨大ナマズに飲み込まれており、ブルガリアでは捕獲された大ナマズの腹から若い女性の死体が出てきた。ドイツでは遊泳中の若い女性がナマズに咬みつかれ大怪我を負ったし、ポーランドではダックスフンドが丸呑みされる事件が起こっている。

いかなる理由にせよ、ラニアー湖には人命を奪う何かしらの要素が存在する。それだけは間違いないようだ。

念のため確認したところ、この原稿を執筆している二〇一九年五月の一ヶ月だけでも、行楽シーズン前にもかかわらず四人が死亡していた。いずれの死者からも、アルコールやドラッグは検出されていない。

深く冷たい水の底には、一体何がいるのだろう。

ワイオミング州

人間の皮や骨を加工して服や道具をこしらえた……と聞けば、多くの人は稀代の殺人鬼エド・ゲインを思い浮かべるに違いない。だが、ゲインの犯行から遡る事およそ六十年前、ワイオミングの地で同様の人体加工が行われていた事は、あまり知られていないのではないだろうか。

一八八一年、ワイオミング州ローリングの町で、一人の悪漢が吊るし首にされた。悪漢の名はジョージ・パーロット。その巨大な鼻から「ビッグノーズ」の異名を取る男だった。列車強盗や殺人など、ありとあらゆる犯罪を繰り返していたパーロットは、酒場で自身の所業を吹聴していたのがきっかけで逮捕されてしまう。やがて裁判のためにワイオミング州へと移送されたパーロットは、看守の隙をついて脱走するもあえなく失敗。ところが、それを知った町の人々は「これ以上悪党をのさばらせるな」と二百人の自警団を組織して、刑務所からパーロットを連れ去ってしまったのである。こうしてビッグノーズは二百人の市民に暴行された挙句、最後は電信柱から吊るされて絶命した（この際も、市民の不手際により一度では死ねなかったという話がある）。

ここで終わればハッピーエンドだが、残念ながら物語は恐ろしい展開を見せていく。パーロットが死亡した直後、町医者であるトーマスとオズボーンの二人が「普通の人間のものと違うか調べるために、彼の脳味噌が欲しい」と言い出したのである。反対する者は誰もいなかった。二人は喜んでパーロットの死体を持ち帰ると、頭蓋骨の上部を乱暴に切り落とし、脳を取り出してあれこれ調べ始めた。だが、調べた限りではパーロットの脳味噌は常人のそれと大差なかった。すっかり落胆した医師らは、腹いせのために恐ろしい「遊び」を実行する。

まず、オズボーンは石膏でパーロットのデスマスクを作成し、その後に乳首周辺の皮膚と太腿の皮を切り取って、デンバーの皮なめし工場に送りつけた（この皮膚は、のちに靴と小さなバッグになって彼らの元へ戻ってくる）。さらに二人は切り落とした頭蓋骨を帽子に加工し、助手を務めていたリリアン・ヒースという女性にプレゼントしたのであった。

これら狂気の所業は長らく明らかにされていなかった。人々が知るところとなったのは一九五〇年、実に七十年後の事である。

その年、工事業者が大通りの建設現場で、古びたウイスキー樽を発見する。開けてみると、樽の中には切断された頭蓋骨とバラバラの骨が入っていた。調査の結果（助手のリリアンが保管していた骨製の帽子を、頭蓋骨に嵌めてみたのだという）、人骨は紛れもなくパーロットのものだと判明する。

実は、建設現場は過去にオズボーンたちのオフィスが建っていた。何と医師たちは不要になった骨を樽の中に放り込み、そのまま放置していたのである。

現在、ローリンズのカーボンカウンティ博物館には、パーロットのデスマスクと頭頂が切り落とされた頭蓋骨、そして悪漢の皮で出来た靴が展示されている。しかし、一緒に作られたはずのバッグは今も見つかっていないのだ。

もしもあなたがアメリカへ旅行に出かけ、骨董屋で革製のバッグを見つけた時には、買う前によくよく観察した方が良い。もしかしたらそれは、世にも恐ろしい素材かもしれないのだから……。

ニューハンプシャー州

あなたが『パラノーマル・アクティビティ』や『ブレア・ウィッチ・プロジェクト』のファンならば、ぜひニューハンプシャー州ギルフォードという町を訪ねてほしい。何の面白みもない田舎町だが、ビデオに奇妙なものが映りこむ事ではどんな都会にも引けを取らない場所なのである。

二〇一四年三月十日、ギルフォードの食料品店「エレコヤ・カントリー・ストア」の女性店員ハイジ・ボイドは首をひねっていた。数秒前に離れたばかりのカウンターから、何かが砕けるような音が聞こえたのである。

戻ってみると、カウンター上に置かれていたガラスのケーキトレイが床の上に落ち粉々になっている。不安定な場所に置いていたわけでも壊れかけだったわけでもない。不思議に思った彼女は、店長に頼んで監視カメラの映像を確認させて貰った。すると、そこには信じられないものが記録されていた。彼女がカウンターを離れた次の瞬間、ガラス容器がホッケーパックのようにカウンターを滑り、弧を描くように宙を飛んで、床に激突したのである。

だが、この恐るべき映像を見てもオーナーのスティーヴ・バゾッタは驚かなかった。彼自身、誰もいないのに肩を引っ張られたり戸口に立つ半透明の男を見ていたからだ。彼は「キッチンで肉を切っていると、たまに店のドアが開くんです。だけれど、振り向いても誰もいない。そんな事はしょっちゅうです」と言っている。また、別の従業員は過去に奇妙な口笛を吹く男が店内から消えるのを目撃したと証言している。

この映像が地元テレビで放送されるや、店は興味本位の観光客で溢れかえった。中にはゴーストハンターを自称する胡散臭《うさんくさ》い人物や、「店の宣伝にトリックを使ったんだろう」と彼らを罵倒するのが目的の人間までやって来たという。

それから五年あまりが過ぎた。店では今も奇妙な現象が時おり起こっているものの、野次馬に疲れたバゾッタは、もう監視カメラの映像を公表するつもりはないそうだ。「ただ、どうしても怪奇現象に遭遇したい人は、ウチの常連になるべきだと思います。一ヶ月も通えば、あの映像程度のものは自分の目で見られるはずです」

当時の映像はネット上に今もアップされている。興味をお持ちの方は「ellacoya country store」で検索していただきたい。

サウスダコタ州

同州最大の都市スーフォールズから東へ五マイルほど車を走らせると、ブランドンに到着する。この典型的な中西部の田舎町にさしたる名物はない。ただ一つ、奇妙な噂のある道路を除いては。

町の南側、11号ハイウェイと484番街を抜ける道路は「スプーク・ロード」と呼ばれている。スプークとは英語で「不気味な」という意味だ。両脇に木々が連なり、小川に架かる複数の橋とトンネルを有する道は確かにあまり雰囲気の良いところではない。この道が「不気味」と称されるのは陰気さだけが原因ではないのだ。

ここには「行きは五つの橋を通るのに、帰り道の橋は四つしかない」という奇妙な噂が存在する。この非論理的な仮説を検証しようと好奇心を抑えきれない若者たちが、過去に何度も真夜中の道を往復した。その多くは無事に実験を終えて、落胆と安堵を胸に帰路へ就いたが、中にはとんでもない光景を目の当たりにした人間もいる。

「ゴースト・オブ・アメリカ」というサイトには、ブランドンに暮らすという青年の「高校生の時、橋桁で首を吊られてぶら下がる女の子を見た」という証言が投稿されている。また、「キックイン」というサイトでは、ショーンという女性が「女の子は過去に殺された人です。殺人事件は本当の出来事で、新聞記事になったと聞きました」と言っている。

最も彼らは怯えるばかりで、橋桁の女の正体を知らない。ブランドン周辺に住む高齢の住民は「スプーク・ロードで怪奇現象が起こるのは、このあたりの歴史が深く関わっているのでしょう」と推測する。

「ブランドン周辺には、KKKという白人至上主義を掲げる秘密結社がありました。彼らは黒人を脅したり暴行したり、時には殺す事さえあったのです。そして、彼らが儀式を行っていた場所こそ、スプーク・ロードの川沿いなのです」

この主張が真実であるかどうかを証明する手段はない。しかし、サウスダコタでは現在もKKKの存在が囁かれており、ラシュモア山（四人の大統領の顔が彫られた、有名な山）では今もKKKらしき集団が夜中に集会を開いている姿が、たびたび目撃されているという。

この奇妙な噂は、アメリカの暗部を炙り出すタイムカプセルなのかもしれない。

テネシー州

「生きる伝説」とは、レジェンド級の記録を打ち立てた人間に贈られる言葉である。しかし次に紹介するのは「生きていた事が伝説になった」珍しい女性の話だ。彼女の名はエリザベス・エッピンガー・トランサム。あまりに長く生き過ぎて、人生自体が奇妙な噂になった女性なのである。

エリザベスは一六八六年にドイツで生まれている。いかなる理由か定かではないが、十六歳になった一七〇二年、エリザベスは貨物船に乗り込み新天地アメリカへと向かった。この際停泊したイギリスで、エリザベス女王の戴冠式を見たとの話もある。

アメリカに到着した彼女はバージニア州に定住、そこで会ったエッピンガーという男性と結婚し、彼との間に六人の子を儲けた。だが幸せな生活もつかの間、エッピンガーは病気で亡くなってしまう。やがて、五十代になったエリザベスは働き口を求めサウスカロライナ州に移り住み、マーティン・トランサムという男性と再婚、さらに六人の子供を授かった。

ここまで読んで不思議に思った方もいるかもしれない。五十代で再婚し、六人の子供に恵まれる……一人二人ならともかくその年齢で六人もの子供を産めるのだろうか。そう首をひねっている事だろう。

産めたのである。記録によれば、彼女が十二番目の子供を産んだのは、何と六十五歳の時なのだ。現代ですら驚くべき高齢出産だから、当時はまさに伝説のような話であったはずだ。

その後のエリザベスの人生は、数十年分が謎に包まれている。次に記録されているのは百二十二歳（！）の時のこと。彼女は家族とテネシー州モーリーへと移り住んでいる。子孫らの証言によれば、この時エリザベスはすでに両目の視力を失っていた。盲目の彼女が過ごしやすい土地を求めて、テネシー州へやって来たという説もある。ところがその後十年のうちに、彼女の視力はすっかり回復してしまったのである！

目が見えるようになったのも驚きだが、「十年のうちに」なる一節にも、驚愕を禁じ得ない。視力を取り戻した時点で、彼女は百三十歳を超えていた事になる。ワールドバンクの資料によれば、アメリカの平均寿命は現在でも七十八歳前後。エリザベスが生きていた百五十年ほど前はさらに平均寿命が低かった事を考えれば、彼女はもはや「生きている事自体が伝説」のような人物だったはずだ。

エリザベスはその後も元気に生き続け、一八三四年一月、三世紀にまたがる生涯を終えた。出生年月日を証明するものが彼女の記憶のみであったため、死亡時の年齢は「百四十七歳から百五十歳の間」と幅をもたせて登録されている。亡骸は同州サンタフェの合同墓地に埋葬されたといわれているが、墓の位置が記録に残っていないため、埋葬場所は確定していない。

何とも数奇に満ちた謎多き人生ゆえか、今もエリザベスについての噂は絶えない。ドイツ出身の魔女だったという説や、テネシーに引っ越してきたのは黒魔術で視力を回復させるためだった（そしてその試みは成功した）という説、死亡記録は偽装されたもので、その後も数十年生き続けていたという説など、どれも荒唐無稽でありながら、彼女ならば有り得なくもないと思わせるものばかり。

生きる伝説は、この世を去って百年以上経った今も伝説を残し続けているのだ。

アーカンソー州

洞窟の奥には秘密の地下帝国が存在し、謎の人間型生物が棲んでいる……ＳＦドラマの設定としか思えない話だが、アーカンソー州では信じている者が少なくない。

オザーク高原を有するこの州には、数え切れないほどの洞窟がある。全米一長い鍾乳洞「ブランチャードスプリング洞窟」や、黒瑪瑙《めのう》が採掘されていた「オニキス洞窟」などは、年間数十万人の観光客が訪れる州屈指の人気スポットだ。

だが、そんな洞窟の幾つかには奇妙な噂が伝わっている。そのため、同州の人々は先の話を真実だと主張しているのだ。


一九〇〇年代初頭、同州ブーン郡の「ドラゴン洞窟」と呼ばれる場所にその土地の所有者が測量士を伴いやって来た。洞窟の深さや広さを測り、資産価値を高める狙いだったという。

彼らは洞窟の奥にある深い縦穴を見つけ、測量士をロープに結び縦穴へとおろしていった。すると、六十メートルほどロープをおろした直後、穴から獣の咆哮のような声が聞こえた。驚いた土地の所有者が慌ててロープを戻すと、測量士は失神しており、その顔は咬み傷や爪の跡で真っ赤に染まっていた。街へ戻って治療したが、測量士はすでに正気を失っており、穴の奥で何が起こったのかは、とうとう分からないままだったそうである。

この話を、同郡ハリソンで私が知り合った男性は即座に否定した。

「ロープに人を結んで昇降させるのは、専用の道具がなければ不可能です。だから、この話は信憑性が薄いのです」

しかし、彼はその後にこう続けた。

「私が祖父から聞いた事実は少し違います。土地の所有者はロープに鉄の棒を結び、穴の底へおろしたのです。しばらくして恐ろしい声が聞こえました。驚いてロープを引き揚げると、鉄の棒はL字に曲がっており、そこには無数の咬んだ跡が付いていたそうです。地元では、ワニのような顔の人間が洞窟にいると信じられています」

この出来事と前後する一八九七年、同州の広報誌に「実業家ウィリアム・ミラーが、洞窟に棲む奇妙な生物を射殺した」との記事が掲載されている。ミラーはオザーク高原を旅行中、家畜の無残な死体や人間の骨を発見、犯人を探すため銃を手に「デビル洞窟」と呼ばれる洞窟の奥へ、仲間と踏み込んだのだという。

まもなく彼らの前に現れたのは、爬虫類に似た容姿でありながら人間のように二本足で立つ、地元で「ゴウロウ」と呼ばれる怪物だった。ゴウロウは洞窟の奥にある湖から出てくるところを待ち伏せされ、一斉射撃によって殺された。この時、絶命寸前にゴウロウが振り回した腕の一撃によって一人が殺されたと記事には記されている。

ミラーはゴウロウの死骸から皮膚と骨を採取し、それをスミソニアン博物館へ送ったと記者に証言している。ところが当の博物館では「そんなものを受け取った記録はない」とミラーの話を否定しているのである。彼の主張が虚言だったのか、それとも博物館が事実を隠蔽しているのか。もしくは、輸送中に誰かが何らかの目的でそれを強奪したのか。真相は不明のままだ。

最後に、気になる情報を添えておこう。

一九五〇年代後半、同州クシュマンの「ブローイング洞窟」で未知の人間型生物が目撃されている。「ウェブサイト・アンダーグラウンド・エンパイア」によれば、デビット・エルという男性が探検隊を編成してこの洞窟を探索していた最中、地底湖に続く岩場の裂け目から、身長二メートルほどの「青い毛が生えた、蛇か虫のような人間」が姿を見せたのだという。青い人間は電子機器のようなものを手にしており、デビッドたちとコミュニケーションを試みたらしい。しかし交信は不調に終わり、気が付くと彼らの姿は消えていたそうだ。

この証言が元となって、「洞窟の生物は地下帝国を築いた未知の人類だ」という話が広まる事態となった。陰謀論者の中には「米国の軍事施設と地下で連結している」と断言する者や「彼らこそが宇宙人と認識されている種族で、ＵＦＯも地底人の科学の結晶だ」と信じて疑わない者もいる。

そこまで突飛な意見は、さすがにあまり賛同を得られていないようだ。だが今なお新種の生物が続々と発見されている現状を考えれば、同州の洞窟に何かが棲んでいる可能性を、私は否定できない。

ちなみにアーカンソー州の洞窟周辺では、現在も年間に何人もの人間が行方不明になっている。二〇一六年には先の「ブローイング洞窟」で日本人を含む大学生三名の行方が分からなくなった。幸いにもこの時は全員が無事に救助されたが、もし彼らが洞窟のさらに奥へと迷い込んでいたなら、信じられないものを目にしたかもしれない。

最も、それを目撃したが最後、彼らは生きて戻れなかったのだが……。

村の噂

奇妙な雷の話

前作『実録都市伝説～世怪ノ奇録』に「落雷譚」という話を書いた。ある村に住む人が雨宿りをしようと大樹の下へ急ぐと、そこには動物たちが集まっていて……という話だ。その後、古い知り合いが「自分の父の体験した出来事」だと、似たような話を教えてくれた。

知人の父は、鉄道の線路を保守点検する保線区員だった。ある日の夜中（保線区員の仕事は夜間が多いのだそうだ）、彼は枕木の修繕に郊外の保線区へと駆り出されていた。数日前から雨が続き、枕木の下に敷かれているバラスト（砂利）がわずかながら流れていた。バラストが減れば枕木が変形する。線路が歪み、最悪の場合脱輪してしまう。それを避けるため、バラストの補充は急務だったのである。

土砂降りの中で作業を急いでいると空が光り、直後に耳をつんざく雷鳴が轟いた。

近くに落ちたとすぐ分かった。彼はその時、保線用の先が平たいツルハシを手にしていた。金属製であるからコレを狙って落ちないとも限らない。おののいている間にも、夜空は何度も明るくなって、そのたび太鼓のような音がこだました。雷は、確実に近づいている。落ちないでくれと祈りながら作業を再開した次の瞬間、目の前にあった子どもの背丈ほどの小屋に、白い稲妻がまっすぐに落ちた。腰を抜かす彼の目の前で、落雷が何度もその小屋に刺さった。

何分か経って、ようやく雷雲は離れていった。ふと見ると、先ほど小屋だと思ったのは木製のお堂で、その中には古びたお地蔵様が祀られていた。気配に気付いて隣を見ると、区長が手を合わせていた。彼もお堂に向かって頭を下げ、合掌した。

集めた数が多くないので断定は難しいが、日本の落雷譚は全体的に長閑な雰囲気がある。対して海外の雷にまつわる奇妙な話は、容赦のなさ、自然の無慈悲さが際立っているような気がする。

例えば、イタリアのある町で起こった事件などはその典型だ。

一八九九年、一人の男性が自宅の庭に立っていたところ、不幸にも落雷の直撃に遭ってしまい亡くなった。

それから三十年後、今度は彼の息子が同じ庭先で、やはり雷に打たれて即死した。さらにちょうど二十年後、最初に死んだ男の孫にあたる女性が雷に襲われて死亡した。場所はやはりあの庭先だった。親子三代が同じ場所で、同じく落雷により命を落としたのである。雷の執拗さが、悪魔めいた何かを感じさせるではないか。

似たものでは、こんな話もある。

一九一八年、イギリスの将校サマーフォード少佐は戦闘中、落雷に驚いた馬から落ちて腰を強打、その怪我が元で下半身が麻痺してしまった。幸いな事に、リハビリが功を奏して麻痺は回復したものの現役復帰は望めず、彼はバンクーバーで余生を送る事となった。

ところが一九二四年、退役したサマーフォードは川釣りをしていた最中、腰を下ろした木に雷が落ち、右半身麻痺という大怪我を負ってしまった。しかしこの時も彼は奇跡的な回復力を発揮、散歩できるまでに復調した。

だが、それから六年後、リハビリを兼ねて公園を散歩中だったサマーフォードを、再々度稲妻が直撃する。今度は全身が麻痺するほどの重傷でさすがに助からず、彼は二年後に帰らぬ人となった。

しかし、話はまだ終わらない。死から四年後のある日、嵐がサマーフォードの眠る墓地を襲い、雷撃が彼の墓石を破壊してしまったのだ。死してなお、雷は彼を逃がさなかったのである。

死の奇録

あなたの死因はあまりにも

アリゾナ州疾病管理センターによれば、今世紀に入ってから現在までに九五一人のアメリカ国民が「電動芝刈り機」に殺されている。また、便秘で死んだアメリカ人は二一六七人、木から落ちて死んだ人間は一四一三人にものぼる。特異だとばかり思っていた死にざまが実は意外と平凡であった事が分かる、貴重なデータである。

死は常に私たちの隣に、足元に、あるいは背後に寄り添っているのだ。

それでも時折、奇妙な死が我々を驚かせる。あまりに酷く、あまりに珍しい死因は、運命がどれほど気まぐれなのかを改めて教えてくれる。

ここでは、そんな絶句するよりほかない奇妙な死を集めてみた。

一九七六年、カリフォルニア州ロングビーチの遊園地で「六百万ドルの男」というドラマの撮影が行われようとしていた。ところが撮影直前、スタッフがアトラクション内のマネキンを移動させていたところ、一体の腕が千切れてしまった。しかもマネキンの断面からは、乾いた肉と骨が見えているではないか。

ただちに警察が出動した結果、マネキンは一九一一年に撃ち殺された男性の死体であると判明した。保存処理を施されていたため、腐敗せずミイラとなっていたのである。どうやらこの死体、過去には見世物として扱われていたのだが様々な偶然が重なった末に、「蝋人形」として遊園地に辿り着いたものらしいと分かった。

死体はその後墓地に埋葬された。遊園地も一九七九年に閉鎖されてしまったため、現在は奇妙な運命を辿った死体を見ることはかなわない。ただ、先述のとおりこの遊園地は数多くのロケに使用されたため（日本で人気の「刑事コロンボ」でも使用されている）死体が映り込んでいる作品も少なくない。一九三三年に制作された映画「ナルコティック」では、しっかりとその姿が確認できる。


一九八二年、フランスに住むマーク・ブルジャデは自身の工房で、崩れてきた大量の「作品」の下敷きになり圧死した。ブルジャデの職業は葬儀屋で、彼の「作品」は手製の棺桶だった。彼は、自分を殺した棺桶に入れられて墓の下に眠る事となったのである。幸福なのか不幸なのか、判断がつきかねる死にざまだ。

一九八三年、ブエノスアイレスにある高層マンションの十三階から、一匹の犬が誤って転落した。犬は真下を歩いていた七十五歳の女性に直撃、彼女は即死してしまう。やがて凄惨な現場を見に野次馬が集まって来ると、騒ぎに気を取られたバスの運転手が運転を誤り群衆に激突、見物人の一人が死亡した。そして、この一連の悲劇を目撃していた一人の男性が、心臓発作を起こしてその場で亡くなった。からくり仕掛けのような、何とも器用な死の連鎖と言えるだろう。

一九九六年、イギリスはハンプシャーでの出来事。

マーク・グレソンという二十五歳の青年は、自身のいびきに長年悩まされていた。慢性的ないびきは非常にやかましく、彼の睡眠を妨げるだけに留まらず、家族の眠りにも支障をきたすほどであったという。

ある日、彼はガールフレンドの鞄に入っていた生理用品のタンポンに目を留める。これを使えばいびきを止められるのではないか。一計を案じた彼は、タンポンを無理やり鼻の奥まで押し込み、満足して床に就いた。

翌朝、ガールフレンドが冷たくなったグレソンを発見する。死因は窒息死だった。彼は、タンポンが水分を吸うと膨張する事を知らなかったのである。

二〇〇八年、英国の実業家ガーランド・メリンは奇妙な方法で人生を終わらせた。彼は一本のロープを自分の首と大木にそれぞれ縛ると愛車のアストンマーチンに乗り、目一杯アクセルを踏んで幹線道路を爆走したのである。当然ながら、彼の首は一瞬で体と離れ離れになった。

残された遺書から、奇妙な自殺は「離婚した妻への腹いせ」であった事が判明している。劇場型ならぬ、激情型犯罪とでも呼べば良いのだろうか。

二〇一〇年、コンゴ民主共和国の飛行場から、乗客と乗員二十名を乗せた小型飛行機が飛び立った。ところが離陸直後、旅行者が密輸目的でバッグに隠していたワニが機内に逃げ出してしまう。乗客は全員パニックを起こし、ワニから遠ざかろうと操縦室に向かって走り始めた。その結果、飛行機は急激にバランスを失って墜落。乗客全員が死亡している。
ちなみに、ワニは生き残ったという。

サンタクロースは子供の憧れだが、彼を真似て煙突に入るのは非常に危険なようだ。「ガーディアン」紙が二〇一〇年、カリフォルニア州の奇妙な事故を報じている。ある住宅を掃除中の家政婦が、我慢できないほどの異臭に気がついた。発生源を探してみると、異臭は煙突付近から漏れている。なにごとかと煙突を覗いてみたところ、何と通気口に死体が引っかかっていたのである。

すぐに警察と消防隊がやってきて、五時間がかりで煙突を分解し、何とか死体を引きあげる事に成功した。

死んでいたのは四十九歳になる女医で、この家に住む男性の元妻だった。かつての夫に面会を拒否された彼女は、なんとか家の中に入ろうと梯子を使って屋根に登り、煙突から侵入を試みた。しかし煙突の途中に挟まってしまい、胸部を圧迫されたまま窒息死したのである。現実はサンタクロースのようにはいかなかったようだ。

二〇一五年には同じカリフォルニアで、さらに悲惨な事件が起こっている。

十九歳になる青年が空き巣狙いのために煙突から住宅への侵入を試みた。ところが彼もまた、煙突に体がはまって身動きが取れなくなってしまったのである。

翌日帰宅した住人は、当然ながら煙突に人が詰まっているなどとは思わず、暖炉に火をくべてしまった。数分後、煙突から聞こえた叫び声に住人は腰を抜かす。慌てて火を消したものの時すでに遅し。警察が駆けつけた時には、愚かで悲しい青年は全身大火傷で死んでいたそうである。

二〇一一年、「デイリー・ニュース」がロシアで起こった奇妙な死を報じている。同国カザンに住む女性が自宅で胸の痛みを訴えて昏倒し、そのまま動かなくなった。駆けつけた医者は彼女を診断するなり「すでに死んでいます」と首を横に振った。

家族の誰も医師の言葉を疑わず、悲しみの中で葬儀が執り行われた。

ところが、最後のお別れをしようと遺族が棺を覗き込んだ瞬間、女性は閉じていた目をカッと見開いたのである。まもなく、自分がどのような状況にあるかを理解した女性は、大声で泣き叫び始めた。家族が急いで病院に連れて行こうとしたその最中、彼女は再び倒れ、今度はもう何をしても動かなかった。

検死官は、「最初は仮死状態、二度目の〝本当の死〟は、パニックによる心臓発作の可能性が高い」と告げた。女性は、自分の死が原因で死んでしまったのである。

二〇一三年、テキサス州にある国立牧場遺産博物館で、ミゲルという少年が数名の友人と追いかけっこに興じていた。広い館内は楽しく、彼はとても興奮していた。やがて、館内を走っていたミゲルはうっかり前につんのめってしまう。バランスを崩した先には、博物館のシンボルである巨大な雄牛の彫像が置かれていた。哀れ、少年は勢いよく雄牛の角に胸を突き刺されて死亡してしまったという。

「牛の角を蜂が刺す」とは、痛くも痒くもないという意味のことわざだが、今回は痛いどころの話ではなかったようだ。

二〇一五年、アルゼンチンで非常に奇妙な死体が発見された。

ある日「五十八歳の男性一人で暮らす家から、腐敗臭がする」と警察に通報が入った。孤独死を疑った警官が問題の家に駆けつけてみると、予想通りベッドの上で男性が亡くなっていた。

だが、奇妙なのはここからだ。男性の死体の脇に、奇妙なものがあったのである。それは、カカシだった。畑に立てられる藁製のカカシが男の隣で横たわっていたのだ。おまけにカカシは口紅を塗りたくられ、金髪のカツラを被った状態で、しかも股間には男性器を模倣した玩具が縛り付けられていた。どうやら家主は、このカラス除けの人形を恋人に見立てロマンチックな遊戯を楽しんでいた最中に突然死したらしい。

検視の結果、事件や事故の可能性はないと判断されたが、男の死因はしばらく街の評判となったそうだ。世の中には、いろいろな趣味の人間がいるものである。

二〇一六年、ロシアのチョコレート工場に勤務する二十四歳の女性が、大量のチョコレートソースで満たされたタンクに落下し死亡した。

そう聞いて、もしかしたら読者の中には、「ある意味幸せな死に方かもしれない」と思った方もいるのではないか。ならばそれは間違いだ。

彼女の死因は甘いチョコの海による溺死ではない。女性はチョコレートを攪拌する巨大な刃に切り刻まれて死んだのである。かなりの時間混ぜられていたため、彼女の体はほとんど残っておらず、何とか見つかったのは足の先端部分だけだった。

つまり、残りの体は……。

その後、チョコレートが出荷されたかどうかは報道されていない。

同じく二〇一六年、タンザニアでも類まれなる死亡事故が起きている。

その日、ロバート・ムワイジェガという男性がニャサ湖で魚捕りをしていた。

この日はいつも以上に大漁で、ボートの床は足の踏み場もないほどの魚で埋まっており、ムワイジェガは「こんな幸せな日はない」と喜んでいたという。

すると、そのうちの一匹が突然跳ね上がると、かがんでいたムワイジェガの口へ、まるで導かれるようにスポンと入ってしまったのである。

魚は気道に詰まり、彼は息が出来なくなった。仲間が病院に運んだものの、到着する前にムワイジェガは窒息死してしまったそうだ。

最後に、とびきり不運な死を。

二〇一七年、ロバート・ドレイヤーという男性がフロリダ州ヴィエラの公道で溺死した。運転していた車が消火栓に衝突、彼自身は首尾よく車内から脱出したものの、消火栓から漏れた水の水圧で陥没した道路に落下、溜まった水の中で溺れてしまったのである。奇しくも当日は彼の八十九歳の誕生日だった。

神さまは、最悪のバースデープレゼントを贈ったのであった。

世界の噂

アメリカ横断怪奇ツアー・その五

ノースカロライナ州

あまりに奇妙な出来事は、何世紀にも渡り人々を魅了し続けるものだ。ノースカロライナで十九世紀に起こったある事件も、その奇妙さゆえに今なお語り継がれている。

一八七九年、同州マクダウェル郡の村にある一軒の家の戸を何者かが激しく叩いた。住人がドアを開けると、そこに立っていたのは隣家に住むジョージ・フェラーという農夫だった。

「妻が大変だ」

泣きながら訴える彼に袖を引かれ、隣人がジョージ宅へ向かうと、彼の妻のキャシーが、寝床で冷たくなっていた。キャシーは長らく喘息を患って寝たきりだったが、持病が悪化したすえに発作を起こして亡くなったのだと隣人はすぐに把握した。

医者も葬儀屋も村から何十マイルと離れている。そのためキャシーはろくに検死も行われず、葬儀も村人の手で催される事になった。女たちは彼女の遺体を洗ってからキャシーがお気に入りだった服を着せ、男たちは手製の棺桶をこしらえてキャシーをそこに寝かせた。手の空いた者が、十数マイル離れた彼女の故郷まで家族を呼び寄せに向かい、遺族が到着するや村内の牧師が先導しての葬式行列が、村はずれの墓地までゆるゆると歩き始めた。

ジョージの馬を先頭に一行が進んでいた最中、棺桶を積んだワゴンを馬に乗った見知らぬ男が追いかけてきた。村人はキャシーの親族とばかり思っていたが、男は列の前まで進むと、道の中央に立ちはだかって行列を止めてしまった。全員がいぶかる中、男は非礼を詫びてからこう言った。

「私はヤンシー郡の出身です。マクダウェルとは縁もゆかりもありませんが、非常に驚く出来事があったので、馬を飛ばしてここまでやって来ました。実は昨晩、奇妙な夢を見たのです。マクダウェルに暮らすキャシーという女性が、夫に首を絞められて殺される瞬間の夢でした。そう、棺桶の中の女性は殺害されたのですよ！」

ジョージは男の言葉に激怒したが、何か思うところがあったのか村人はすぐに墓場行きを中止し、キャシーの棺桶をマリオンという近くの町に住む小さな病院へ運んだ。医者は事情を聞くとすぐに遺体を検査し、彼女の首に残されているアザを発見する。

「この女性は喘息の発作によって死んだのではない。柔らかな道具で首を絞められ、窒息死したのだ」

この医師の言葉が決め手となり、ジョージはその場で捕らえられた。保安官が家を捜索すると、トランクの奥から革製のベルトが見つかった。そこにはキャシーの長いブロンドの髪が絡まっていた。この動かぬ証拠を突きつけられ、とうとうジョージは「畑から育児まで一人でする生活に耐えられなかった。発作が起こったので、これはチャンスだと思った」と妻の殺人を告白。有罪判決を受け、死刑を宣告された。

この奇妙な話には、ゾッとするおまけがある。

絞首刑の場合、絞首台から落下すると頚椎が破壊されるため普通は即死してしまう。ところがジョージはそうならなかった。なぜか彼は縄に吊るされたまま延々と苦しみ続け、ゆっくり時間をかけて死んでいった。まるで、キャシーがそうであったように。

ミシガン州

その地域では有名だが、世界的にあまり知られていない奇妙な噂は多い。ミシガン州の大都市デトロイトに伝わる「ナインルージュ」と呼ばれる悪魔の話もそのうちの一つに数えられるだろう。

フランス語で「赤い小人」を意味するこの悪魔の起源は古く、デトロイト創設の一七〇一年にまで遡る。フランスの探検家アントワーヌ・キャデラック（高級車キャデラックは、彼の苗字に因んだものである）がこの街に入植する際、占い師から「赤い小人に会ったら、なだめないと不幸が起こるよ」と予言されていた。まもなく彼は占い師が言っていた全身真っ赤な悪魔に遭遇するが、何と手にした杖で悪魔を叩いて、追い払ってしまったのである。

ナインルージュは彼をなじり「お前も、お前が作った街にも災いをもたらしてやる」と宣言した。その言葉どおり、キャデラックは職権濫用で起訴されたのち、フランスへ強制帰国の憂き目に遭い、さらには投獄の末に財産を失っている。だが、本当に恐ろしいのはここからだった。ナインルージュは、デトロイトで起こった悲劇の全てに関わり始めたのだ。

一七六三年七月、五十八人のイギリス人兵士が、先住民のオタワ部族に殺される「ブラッディーランの戦い」が発生する。この戦いの直前、何人かの兵士が真っ赤な怪物を目撃しており、戦いの後にも、死体の血で赤く染まったデトロイト川で踊る悪魔の姿を目にしている。

また、一八〇五年にデトロイトは大火災に見舞われ、町の大半が焼失したのだが、この際にも「血のような体色の人間」が火元となったパン屋の前で遊んでいたと記録されている。さらに、一八一二年のイギリス軍に占領された「デトロイト砦の戦い」の際にも「真紅の化け物が戦場で声を上げて笑っていた」との伝聞がある。アメリカ軍を指揮していた総督ウイリアム・ハルは、戦況が有利であったにもかかわらず降伏した事で知られているが、白旗を揚げる直前、霧の中でナインルージュに出会い怯えていたとの話もある。

ナインルージュは二十世紀になっても滅びなかった。一九六七年に発生し、四十三人が死亡したデトロイト暴動の直前にも、労働者たちが不気味な生き物を見たと訴えているのだ。また、一九七六年三月に同州を襲った大寒波の際は「赤い生き物が電柱に登っている」と住民が通報した（この寒波により、デトロイトでは二十五万戸が一週間に渡って停電、四十億円以上の被害をもたらした）。

最も新しい記録は九六年、ナイトクラブ帰りの若者が、路上に駐車された自動車を叩く「汚い毛皮を着た、全身真っ赤な小人」を見かけている。ちなみにこの自動車は強盗に襲われた直後だったという。

そして現在、デトロイトは貧困と産業衰退によって全米屈指の犯罪都市となった。それこそがナインルージュの仕業だと主張する人間も少なくない。二〇一〇年から、人々は災いを鎮めるためにこの悪魔の名前を冠したフェスティバルを企画している。醸造所もナインルージュと名付けたワインやビールを販売し、懸命に悪魔のご機嫌をうかがっている。それが功を奏したものか、ここ十年は目撃報告は届いていない。

現在も、デトロイトは赤い影に怯えているのである。

インディアナ州

自分がいつ、どのように死ぬか教えてくれる……そんな場所が本当にあるとしたら、あなたはそこを目指すだろうか。それとも絶対に足を向けないよう心がけるだろうか。どちらを選択するにしても、場所を知っておいて損はない。

インディアナ州の東西に延びる40号ハイウェイ、その途中にあるブラジルという町に「百歩階段」と呼ばれる墓地がある。名前が示す通り、墓所は石造りのステップが丘の上まで百段続いている。この階段をルールにのっとって進むと、何者かが死の詳細を教えてくれるのだという。

守るべきルールは簡単だ。あなたは夜中にこの階段を歩き始める。懐中電灯も月明かりもない、完全な暗闇でなくてはいけない（場合によっては目隠しをする）。暗黒の中、あなたは階段の数をカウントしながらゆっくりと進む。一、二、三……ようやく百段目を数え終えたら、あなたはその場で振り返り、もう一度階段を数えながら慎重におりていく必要がある。すると、決まってカウントは九十九で終わる。

叫ばなくても大丈夫、チャレンジは成功だ。夜明け前、耳元で男の声が囁くだろう。

その声は、あなたがいつ、どのように死ぬのかを教えてくれる。場合によっては白い影が目の前に現れたり、胸に真っ赤な手形が付くケースもあるそうだ。

この勇気ある挑戦を行った人間の何名かは、当時の様子をネット上に書き残している。ある人は暗闇を歩いている時、自分以外の誰かが地面を激しく叩いている音を耳にしたと証言している。また別な人物は、百段に達するより早く恐怖に負けて懐中電灯で照らしたところ、背後が断崖であったと話し、「けれども、私は確かにそこを歩いていたのです」と綴っている。

幼稚な遊びを非難する意見は多く、百段が九十九段に変わるのも、単純なトリックだと主張する向きは少なくない。しかし、地元住民の意見はやや異なるようだ。

「百段歩けるはずが無いんです。一八六〇年代に造成された墓地は現在すっかりと荒れており、階段はあちこちが壊れてしまって、六十段しか存在しないのですから」

ルイジアナ州

二〇一七年、アメリカの映画監督ミスティ・タリーは『ミシシッピ・リバー・シャーク』というパニック映画を発表した。内容は題名そのまま、ミシシッピ川に巨大な人食いザメが出現するというB級ムービーで、おりからのサメ映画ブームに便乗したものの、本国ですらソフト化されていない珍品だ。その出来は推して知るべしだが、唯一評価できる点があるとすれば、ミシシッピ川にサメがいるという噂をモチーフにしたところだろうか。

ルイジアナ州をはじめ各州を縦断するこの大河には、昔から巨大ザメの噂が絶えない。ニューオリンズでは、ミシシッピ川のほとりで釣りをしていた男性が「真っ白な巨大ザメを捕まえた」との話が（残念ながら写真などの証拠はないのだが）広く信じられており、別な男性は「ミシシッピ川沿いの工場排水が流れる付近でとても大きな背びれを見た」と証言している。風聞の域を出ないものならば「ミシシッピ川で遊泳者が行方不明になった直後、捜索隊が遠ざかるサメを目にした」といった類の噂話が数え切れないほどある。

あなたは今、「川にサメなどいるはずがない」と笑っているかもしれない。否定するのは申し訳ないが、その言葉に対する答えはノーだ。

二〇一四年、「USAトゥデイ」紙が恐ろしい事件を報道している。ルイジアナ州のポンチャートレイン湖を泳いでいた七歳の少年が、サメらしき魚に襲われたのである。少年は「水の中で何か踏んだ直後、かかとが体験した事のない激痛に見舞われた」と証言した。この発言を証明するように翌々年、この湖で複数のオオメジロザメが捕獲されている。

オオメジロザメは淡水で生息できるという珍しい種類の、かつ気性が激しい事で有名なサメである。日本でも九六年、沖縄県宮古島の男性がこのサメに襲われ死亡している。

「でも、それは湖の話なんだろ。ミシシッピ川は関係ないじゃないか」という反論は、もう少しだけ待ってほしい。

ポンチャートレイン湖はミシシッピ川が氾濫した際、放水路を開放して激流を流し込む場所なのである。つまり、ポンチャートレイン湖の魚はみな、ミシシッピ川から流れてきたものなのだ。湖にサメがいたならば、当然ミシシッピ川にも生息している事になる。放水の激流に逆らえるほど巨大で強靭なサメが、今も獲物を求めて大河をうろついている……その可能性は、決して低くないのだ。

もしニューオリンズを訪問する機会を得たとしても、ミシシッピ川は眺めるだけに留めておいた方が良いかもしれない。どんなに暑くても泳ぐのはお薦めしない。

ミシシッピ州

以下に紹介する噂は、今回の旅行で蒐集したうち最も衝撃的なものだった。聞いてから数日は、知ってしまった事を後悔したほどだ。陰謀論の類は大笑いして面白がる私だが、この話だけはどうしてか、そのような気分になれないのだ。

「メクリティス」という言葉をご存知だろうか。日本語で検索しても一件もヒットしない単語だが、「mercritis」で探すとおよそ三千件が引っかかる。その多くがミシシッピ州に関連したサイトである。

メクリティスは、ミシシッピ州で流行したと噂されている奇病の名前だ。

男性が塗料またはその他の原因によって大量の鉛を摂取すると、皮膚から独特の臭気を放出するようになる。フェロモンに似た働きを持つこの臭気には、なぜか女性のみが感応する。とは言っても淫らな感情を抱くわけではない。これを嗅いだ女性は異常な攻撃性を見せるようになり、ゾンビ映画さながらに、臭気の原因である男性を殺してしまうのだ。この狂気こそ、メクリティスの症状なのである。

この事例が最初に報告されたのは、十九世紀後半（二十世紀の初めという説もある）のヨーロッパ。ある男性が海辺の村で、十人以上の女性に何の理由もなく襲撃を受けたのが始まりだといわれている。男性はわけが分からぬまま、狂った女たちから逃れようと氷点下の海に飛び込んだ。ところが女たちは何のためらいもなく次々と凍える水の中に突入したのである。結局この時は男性も女たちも全員が溺死してしまったといわれている。

時は過ぎて一九五〇年代、今度はミシシッピの小さな町でメクリティスが発生する。しかもこの時、臭気を発した男性は一人ではなかった。町に住む男性の多くが、何らかの原因によって「死のフェロモン」を発散したのである。女性たちは正気を失い、大虐殺が繰り広げられた。結果、男性のほとんどが殺されてしまい、この町は滅びてしまったのだという。

これほど恐ろしい病気がほとんど知られていないのには、さらに恐怖すべき背景がある。奇跡的に生き残った人間の証言によれば、この虐殺が行われた直後、政府の人間と医療関係者らしき人物十数名（百名近いという説もある）が町を訪れ、死体から凶器に至るまで、全ての証拠品を押収し、事実を隠蔽してしまったというのだ。

普通に考えれば、そのような事を行う理由などない。パニックを避けるためだとしても、治療法が見つかった時点で発表しているはずだ。そう考えていくと、ある恐るべき仮説が浮上してくる。

もしや、この奇病の原因は政府に関係があるのではないか……。

単なる噂だと断言するには、メクリティスはあまりにも時代や場所、発症までのプロセスが具体的である。おまけに今でも「自分の父は政府の隠蔽現場に立ち会っていた」「私の祖父は暴動で殺害された」などの証言がたびたび登場する。

さらに恐ろしい事実がある。「ヘルスボード」なる医療系フォーラムに二〇〇三年、少し前の出来事として、以下のような告白が投稿されたのだ。

〈その時、私は庭仕事をしており、夫のチャーリーは壁のペンキ塗りをしていました。妙なにおいがするなあと思った数分後、気が付くと私は夫に向かってレンガを投げ、彼の足の親指から爪を剥がし、血まみれの足を殴りつけていたのです……／投稿者：マージョリー・アルゴンキン〉

メクリティスはまだ終わってないのかもしれない。
それが今は、何よりも恐ろしい。

ネバダ州

ギャンブル漬けのカジノ・シティと思われがちな同州ラスベガスだが、実はエンターテインメントの本場でもある。各ホテルには必ず専属の歌手やコメディアンがおり、それを目当てに訪れる客も多い。ベガスを足掛かりに成功したスターは数えきれず、彼らに続けとばかり、日夜アマチュアが自身を売り込みにやって来る。

数あるショーの中でも特に人気が高いのはマジックである。鳩やトランプを使ったクラシックなものではない。大掛かりなセットを用いて行う、イリュージョンの名に恥じぬビッグショーだ。

そんなベガスで大人気のマジシャンといえば、誰を差し置いてもジークフリート&ロイは外せない。一九九〇年から十三年の長きに渡り、ベガスのミラージュホテルで最高のパフォーマンスを披露してきた二人組デュオである。ホワイトタイガーによるステージは好評を博し、八九年には来日公演も行っている。だが、人気絶頂の二〇〇三年、ショーの最中に一頭のホワイトタイガーがロイの首へ襲いかかり、彼に重傷を負わせてしまう。ロイは一命こそ取り止めたものの、そのまま事実上の引退。

二人は二〇一〇年、正式にそのキャリアを終えた。

栄光と悲劇に彩られた半生だが、ベガスのショー界隈では彼らに関する奇妙な噂が今でもひそかに囁かれている。

ホワイトタイガーに襲われたのは、実はロイではないというのである。

噂によれば、この時に重傷を負ったのはロイの「替え玉」なのだそうだ。何でも、脱出マジックを行うためにロイそっくりの人物が舞台に立っていたらしい。それゆえ、ロイに慣れているはずのトラが襲いかかったのだ……というのが噂を支持する人間の主張である。

話はここで終わらない。何と、襲われたロイの替え玉は重傷ではなく、その傷が原因で死亡したというのである。大変な事態だが、ロイたちにとっての問題はそこではなかった。ネタバレだ。この事実を明かせばトリックが明るみになってしまう。それは自分たちのみならず、同業者たちの商売を邪魔する事になりかねない。そこでジークフリート&ロイは替え玉の死を公表せず、禊《みそぎ》のために自分たちも表舞台から姿を消したというのだ。

あまりにも信じがたい話である。事実、複数の情報源が噂を明確に否定している。

にもかかわらず、この件を追うジャーナリストは「根拠があるんだよ」と言い張ってやまない。

「事故の後、俺はネバダ州クラーク郡の健康診断官に対し、ロイの生死を発表するように求めたんだ。ところが何度頼んでも、要請は却下されてしまった。もしも生きているならイエスと言うだけなのに、どうして拒否する必要があるんだ」

常識で考えれば笑い飛ばすような話だが、常識など通用しないベガスでの出来事と聞けば、この噂も妙な信憑性を帯びてくるではないか。もしかしたら、この虚実の曖昧さこそ、ベガス最大のイリュージョンなのかもしれない。

ニュージャージー州

奇妙な噂好きの読者に、前もって残念なお知らせをしなくてはならない。次に紹介する信じがたい話は、全て事実である。「噂だったら良いのに」と思わず願いたくなるような、けれども恐ろしい事に何から何まで本当の物語なのだ。

二〇一四年六月、デレク・ブローダスとマリアの夫婦は、ニュージャージー州ウエストフィールドに念願のマイホームを購入する。家はベッドルームが六室、浴室および暖炉がそれぞれ四つという、大変に豪華なものだった。三人の子供らを育てるには最適な環境だと、夫婦は奮発してこの家を購入したのである。

しかしそれは誤りだった。引っ越してまもなく、不審な手紙が届いたからだ。

〈一九二〇年、私の祖父がお前の家がある657通りを観察していた。

一九六〇年には、私の父が観察していた。

そして、今は私が観察している。

お前の家の壁に何が埋められているか、知っているか？〉

封筒に差出人の住所は書かれていなかった。その時は意味が分からず、あまり気に留めなかったブローダス夫妻だったが、数日後に二通目の手紙が届くと震え上がった。

〈657通りはお前が引っ越す事を切望している。
全ての窓から、全てのドアから、家の中にいるお前たちを観察できる。
若い血で家を満たしたいのか？　壁の中のものは見つけたか？
お前の名前をぜひ知りたい。お前が私のために連れてきた若い血の名前もだ。
なあ、若い血は地下室で遊ぶのかい？　あそこは他の部屋から遠く離れすぎだ。
お前が二階にいたなら、若い血が悲鳴をあげても聞こえない。
私が誰かって？　ウォッチャーだよ〉

「若い血」が、彼らの子供を指しているのは明白だった。すぐさま夫妻は警察に相談し、警察もパトロールを強化すると約束した。けれども、投函した人物の正体はまるで分からなかった。デレクは自宅の周囲に監視カメラを何台も取り付け、民間の調査員も雇った。けれども、やはり送り主の正体は不明のままで、ウォッチャーからの手紙は数日おきに投函され続けた。

〈657通りを毎日何百という車が走り抜ける。そのうちの一台が私だ。通りから見える何百もの窓がある。その窓辺の一つに私は立っている。表を散歩している全員に注意した方が良いぞ。

このメッセージが最後ではない。パーティーを始めようじゃないか〉

〈私は、お前が荷降ろしする品々を観察している。ゴミ箱が素敵だな。壁の中にあるものは見つけたか？　通りに面した寝室は誰の部屋かな？お前が家に入ればすぐに分かるよ〉

夫妻はついにこの家で暮らすことを諦め、邸宅を貸し出した。

立地の良さもあって借り手はすぐに決まったが、ウォッチャーはそれを良しとせず、再び怒りに満ちた手紙を送り付けてきた。

〈家を作り変えやがったな。

私が部屋を走っていた日々を思い出し、家が悲しんでいるじゃないか。

私は観察している。若い血は再び私のものになる。

昔の私のように彼らを遊ばせろ！　家を作り変えるのを止めろ！

そのままにしろ！〉

借り主は数日で逃げ出した。

夫妻は「危険な人間の存在を知らせなかったのは、告知義務違反だ」と前のオーナーおよび不動産屋を訴えた。しかし、騒動を聞きつけていた前のオーナーと不動産屋は既に逃げており、連絡が取れなくなっていた。

夫妻はこの家を手放す事を決断し、購入時よりはるかに安い価格で売りに出した。だが一向に買い手はつかず、現在はローンの支払いよりも低い賃料で借り手を募集している状態だそうだ。

そして、何よりも恐ろしい事に、ウォッチャーはいまだに逮捕されていない。

一家を脅し、子供の命を狙う人間はまだ野放しなのだ。だが、デレクは「もしも犯人が逮捕されても、この家に戻る事はないでしょう」と言う。
「付近住民との軋轢が生まれてしまいました。彼らは、この騒動で自分の家の地価が下がる事をとても嫌がっており、ウォッチャーは私たち夫婦の自作自演だと信じているのです」

恐怖と猜疑心が渦巻くウエストフィールド。ハッピーエンドはまだ遠いようだ。

犯人からの手紙は、二〇一七年を最後に途絶えている。（今のところ）最後となった手紙には、このような言葉が綴られていたという。

〈愛する人は突然死ぬ。ウォッチャーの勝ちだ〉

ペンシルベニア州

続くこちらも本当の話である。もしかしたらウォッチャーよりある意味で恐ろしく、悲しい物語かもしれない。

同州ピッツバーグのサウスパーク地区では、一九二〇年代から「顔なしチャーリー」という怪物が噂になっていた。夜の国道を歩いていると、目鼻のない男が襲いかかってくるというのだ。

男は肉塊のような顔から緑色の怪しい光を放ち（この情報のために、男は「グリーンマン」とも呼ばれていた）、蹄のような足音を響かせながら、大量の白い煙を吐き出し近づいてくるといわれていた。屈強な兵士の中にも「見た」と言う者が現れ、人々は恐れおののき、夜の外出を控えるようになった。

第二次大戦をまたいでも噂は消える事がなく、五〇年代になると目撃者はますます増えていった。住民はいっそう震え上がり、「悪魔の使いに違いない」「軍が実験で作った人造人間だ」などと勝手な憶測を述べあった。

だが、そうではなかった。「顔なしチャーリー」は実在の人物だった。

彼の本名はレイモンド・ロビンソン。一九一〇年生まれのレイモンドは九歳の時、鳥の巣を覗こうと電柱へ登った際に誤って滑り落ち、二万ボルトの電流が流れる電線に触れてしまったのである。幸運にもレイモンドは一命を取り留めたが、その代償として彼は両目、鼻、片耳を失い、片腕も極端に曲がってしまった。さらに、感電の影響によって、顔の中央は緑色に変色していた。

哀れなレイモンドは親戚宅の奥でドアマットや財布を売って暮らしていた。日中はほとんど表に出ない生活だったが、交通量の少ない夜間になると、彼はたびたび気分転換のために杖を持って夜道を散歩した。寂しがり屋だったレイモンドは、人の声が聞こえると嬉しさのあまり近づいていく習慣があった。その姿を見た人々は「顔なしチャーリー」だと思い、悲鳴をあげていたのである。

六〇年代の始め、地元新聞がレイモンドを見つけ、記事に取り上げる。これでもう「顔なしチャーリー」の噂は終息するかに見えた。だが、結果は意外なものだった。レイモンドをひと目見ようと、多くの人間が彼の散歩道へやって来たのである。

その多くは心優しい支援者だったが、中には悪意に満ちたならず者も混じっていた。彼らはレイモンドの後をつけ、寝床にしていた小屋に踏み込んでは暴力に近い悪戯を行った。また、遊び半分で彼に車をぶつける輩《やから》も現れた。片耳しか聞こえないレイモンドが、車のエンジンに戸惑い右往左往する姿を笑いながら楽しんでいたのである。

好奇の視線に晒《さら》され謂《いわ》れなき迫害を受けたレイモンドであったが、幸いにも晩年は穏やかであったようだ。八〇年代に入ると、彼は支援者によってビーバー郡の老人ホームに入居。静かに余生を過ごしたのち、八五年に七十四歳の生涯を終えている。

怪物から人間に戻ったレイモンドは、怪物と化した人間に追われながらも、最後は一人の人間として安らかに人生を終えたのである。

アイダホ州

州の大部分が山岳地帯であるこのアイダホ州で、最も有名な噂は何か知っているか。答えは簡単、アイダホ州そのものだ。

混乱させたら申し訳ない。きちんと噛み砕いて説明しよう。アメリカの多くの人は、「アイダホ州は実際には存在していない」と思っているのだ。

もちろんこれは半ばジョークめいた（アイダホ州民にとっては自虐的な）噂なのだが、話はここで終わらない。

この噂を披露した人物は、続けて相手に次の三つの質問を投げる。

◆あなたは、アイダホ州出身の知人がいますか？

◆あなたは、アイダホ州に行った事はありますか？

◆あなたの周りで、アイダホ州に行った事がある人はいますか？

多くの人が笑いながら「ノー」と答える。その結果、アイダホは存在しない事が裏付けられる。要は都会に出てこない田舎者を、そして誰も観光に赴かない田舎町を、嘲笑しているのである。

あまり褒められたタイプの笑いではないが、アイダホ州民にとっては「実在が疑われるほどの田舎」というのも、誇るべきアイデンティティーのようで、むしろ好んでこの話題を持ち出すのだという。

しかし、どんな話題にも過激論者は存在するものだ。一部の人間は、アイダホの不在はジョークなどではなく「政府の壮大な実験なのだ」と主張している。

彼らの理屈によれば、アイダホ州に住んでいる（と思っている）人間は、全員が政府によってマインドコントロールを受けているらしい。どれほど長期間、どれだけ多くの人を洗脳し続けられるかを、アメリカ政府は試しているというのだ。地図製作者や世界的ＩＴ企業も、壮大すぎる実験の片棒を担いでいるのである。

何ともバカバカしい話だが、これは笑えるだけまだマシだ。実は、アイダホにはもう一つ、非常に奇妙な「デスゾーン」という噂がある。

イエローストーン国立公園は、一八七二年に設立された世界初の国立公園である。その面積は広大で、ワイオミング州を中心としてモンタナ州とアイダホ州にまたがっている。実はアメリカで唯一の「行政地域が複数にまたがっているエリア」なのである。そして、この抜け穴を利用すれば完全犯罪を行えると、法学教授のブライアン・

カルトは主張する。

合衆国憲法では「裁判は犯罪のあった州で行われる」と定められている。例えば、誰かが国立公園内のワイオミング州エリアで殺人を犯し、アイダホ州エリアで逮捕された場合、裁判はアイダホ州で行われる必要が生じる。ところが国立公園全体の管轄は、面積の大半を占めるワイオミング州の管轄になっているのだ。犯罪発生地と逮捕場所がずれるのである。

この矛盾に加えて、合衆国憲法では「被告人は、犯罪のあった州の、法律で定められた地区で公平な陪審を受ける」と決まっている。普通ならば「犯罪があった州」と「法律で定められた地区」は同じ場所を指す。ところが先に述べたように国立公園のアイダホ州エリアは、「アイダホ州でありながら管轄はワイオミング州」なのだ。

するとどうなるか。公園内のワイオミング州とアイダホ州が重なる部分から陪審員を選ばなくてはならない。つまり、誰も住んでいないエリアから陪審員を選ばなければならないのである。陪審員が不在であれば、裁判にはならない。かくして殺人犯は裁かれず、無罪になるというのがケイン教授の理屈である。そして、この完全犯罪が成功するエリアこそ「デスゾーン」なのである。

もちろんこれは理論上の仮説でしかないが、現在までに前例がないため本当にこのような事態が起こった場合、どうするかは議論されていない。噂によれば、すでにこの仮説を悪用した犯罪行為が、イエローストーン国立公園のアイダホ州エリアで実行されているとの話もある。捕まえられないのだから、保安官も見逃すしかない。どのように恐ろしい犯罪が、目の前で行われていたとしても……。

アイダホ州は、「存在しないはずの土地」に呪われる運命にあるのかもしれない。

イリノイ州

海外旅行の帰り路はフライトと相場が決まっている。この奇妙なアメリカの旅も、空にちなんだ噂で終えてみたいと思う。

イリノイ州シカゴ周辺では二〇一七年から「空を怪物が飛んでいる」という、信じがたい報告が相次いでいる。怪物は出現場所とその形状にちなんで「シカゴ・バットマン」や「シカゴ・モスマン（モスマンはウエストバージニア州発祥の飛空生命体である）」または「シカゴ・ファントム」などと呼ばれている。まずはその報告を順番に並べてみよう。

全ての始まりは二〇一七年三月二十二日。地元のトラック運転手ビリー・ヴァンツ氏は荷物を配達していた最中、空を飛ぶ「バットモービルのような生き物」を目撃している。大型車ほどもある生き物は、トラックの前で二回ほど旋回してから、垂直に舞い上がって雲の中へ消えていったという。彼は怪物の姿をスケッチに残して話題となったが、今では目撃した事を含め、全てを後悔している。

「この生き物について話すと、どんどん運が悪くなっているような気がするんです。

元気だった母は、私がこの話をしてから容体が悪化し亡くなりました」

目撃報告はヴァンツ氏だけで終わらなかった。

同年四月七日、市内のリンカーンパークで犬の散歩をしていた男性が「巨大な鳥を思わせる人型生物」を目撃したと報告。十五日には同じくシカゴのミシガン湖で、ボートに乗っていた夫婦が大きな飛行生物を目撃。夫妻は「人間大のコウモリのように見えた。その生き物は羽音も立てずにボートの上を旋回した後、夜空に溶けていった」と語っている。

同じく十五日の深夜、シカゴ市街地でも「フクロウに似た巨大有翼生物」の通報があった。巨大フクロウは二本の足で立ち上がり、赤い目で目撃者を睨んでいたという。さらに同日、市内の国際農産物市場でも、この生物は複数の人間に目撃されている。コウモリを思わせる生物は、猫のように明るく黄色がかった目で皆をじっと見つめていたが、何人かが石を投げつけると、静かに羽ばたいて消えたそうだ。

二ヶ月後の六月三日、やはりリンカーンパーク周辺で有翼生物が目撃されている。告発者の夫婦は「コウモリじみた翼と、人間よりはるかに小さい頭を持っていた。何だか人型ロボットのようにも見えた」と言っている。八月にはノースレイクショアをドライブしていたカップルが「蝶のように光沢のある、濡れた羽を持つ人間」を目にした。その生物は真っ赤な眼球でカップルを覗いてから、数秒間ホバリングして空に消えたという。対向車線に停車していた配達用バンの運転手はじめ数名の人々もこの場面を目撃している。

これら一連の噂を聞きつけ、「ザ・アクリルランチ」というネット番組を運営する、ネスビットとアンの二人は夜のシカゴで怪物の調査を行った。残念ながら録画する事は出来なかったが、怪物が出現した地域に行くとなぜか機材のバッテリーが異様な速度で消耗してしまったという。

これがイリノイ州以外の地域ならば「フクロウの見間違いだよ」と笑い飛ばしても許される。しかし、この州に限っては否定論者の出る幕はない。前世紀から、巨大な鳥の目撃事例が異様に多いからだ。

とりわけ一九四八年の同州アルトンでは巨鳥の目撃報告が相次いでいる。四月には元陸軍大佐の男性が小型飛行機ほどもある巨鳥を目撃、数日後にはオーバーランドの夫婦が、羽ばたく巨大生物を見たと証言している。翌月には、アルトン上空に巨大な鳥が出現。警官が出動する騒ぎとなった。六八年にはキーニービルという村でトウモロコシ畑の上を滑空する「体が白い毛に覆われた巨鳥」の通報が記録されている。

極め付けは一九七七年七月、同州ローンズデールという町での事例だろう。

その日、自宅の裏庭で遊んでいた十歳の少年が二羽の巨大な鳥に襲われた。一羽は鋭い鉤爪で少年の体を掴み、そのまま空中に持ち上げた。少年が激しく抵抗したため怪鳥は鉤爪を離し、彼は落下して事なきを得たという。騒ぎを聞きつけて裏庭に出た母親は「鳥たちはゆうに三メートルはあり、首には輪っか状の白い模様があった」と証言している。

さて、この巨大な有翼生物の正体は何なのだろうか。

イリノイ州の歴史に詳しい人物は「モスマンなどではない。ピアサだ」と断言する。ピアサはイリノイ州に伝わる怪鳥で、ミシシッピ一帯に伝承が残っている。先住民であるイリニ族が岩肌に書き残した壁画のピアサは、赤、黒、緑の三色に彩られた体をしており、四本の脚は鱗で覆われ、背中には大きな翼、頭には鹿のような角が生えている。角こそ生えていないが、その姿は目撃された怪物に酷似している。

同じくイリニ族の伝承によれば、ピアサはもともと小動物を食べていたが、戦争後に人間の死体を食べ、味をしめてしまったのだという。以来、ピアサは「ご馳走」を求め、人を襲い続けているのだそうだ。

これが単なる神話とは思えなくなる事実を教えよう。先に述べた、ピアサの壁画が残っている場所こそ、巨大な飛翔生物が目撃されたアルトンなのである。

最後に、私が気になっている情報を記し、長い旅の終幕としたい。

「シカゴ・モスマン」の命名の起源となった本家モスマンには「不幸を予兆する」という特徴がある。一九六六年からおよそ一年に渡り、ウエストバージニア州ポイント・プレザントで目撃されていたモスマンは、翌年の十二月十五日、同地区に架かるシルバー・ブリッジで目撃されたのを最後に報告が途絶えた。

そしてまさにその十二月十五日、シルバー・ブリッジは大規模な崩落事故を起こし、四十六人が犠牲になったのである。

だとしたら、シカゴの街で目撃される有翼生物も何かの前兆なのだろうか。

～かなり奇妙な男、鈴木呂亜～　黒木あるじ

こんばんは、黒木あるじです。

本書は、奇妙な噂の愛好家こと鈴木呂亜氏の『都怪ノ奇録』『世怪ノ奇録』に続くシリーズ第三弾になります。例によって私は監修を名乗っておりますが、届いた原稿を読んでは「おお」だの「へえ」だの唸る程度、我ながら呆れるくらい職務を果たしておりません。

それとて無理からぬこと、なにせ鈴木氏が扱っているのは私の守備範囲となる怪談ではなく、巷間に流布する怪しげな噂話、いわゆるところの都市伝説の類なのです。彼は都市伝説の蒐集をライフワークにしているのです。この時点で、ずいぶん変わった人物であることはご理解いただけるかと思います。

（なお、鈴木氏自身は頑なに都市伝説という表記を使わないのですが、本稿では便宜上、そのようにカテゴライズさせてもらいました）

では、鈴木呂亜という人物を更に知っていただくため、本書ができるまでのいきさつを掻い摘んで説明いたしましょう。

今年のはじめ、私の携帯電話に鈴木氏から連絡がありました。通話ボタンを押すなり聞こえてきたのは「バージニアにはゴリラが居るんですよ！」という意味不明な言葉。まあ落ち着きたまえと彼を諭し、順を追って説明するよう頼んだのですが——話を聞いて私は仰け反ってしまいました。

なんと彼は過去二作の印税を注ぎこみ、悲願のアメリカ長期旅行に出かけていたというのです。論ずるまでもなく、単なる物見遊山や語学留学ではありません。時間の許すかぎり各州を巡り、その土地の——彼の常套句を借りれば——奇妙な噂を蒐集する、正調の取材旅行だったのです。支離滅裂な第一声は、帰国の報告だったのです。

やがて、話しているうちに再び火が点いたのか、鈴木氏は「フロリダにこんな話があった」だの「ミシシッピーではこんな噂に出会えた」だのといつもにも増して早口でまくし立てはじめました。あまりの勢いに圧され、私は思わず「三冊目はアメリカ漫遊記にしてみたらどうですか」と、適当にもほどがある提案を口にしてしまったのです。

それから三ヶ月後、私のもとに「できました」との一文を添えた原稿が届きます。冒頭には、アメリカ旅行であまたの説話を蒐集して云々なる説明書き。「嗚呼、彼は私の発言を鵜呑みにしてしまったのか」おのれの浅はかさを悔やみつつ読んでみたところ——驚きました。

面白いのです。愉しいのです。怖いのです。アメリカという国のにおいが、ありありと話の端々から立ち昇ってくるのです。それは鈴木氏が自らの目と足で集めてきた、まさに〈生きている噂〉が詰めこまれているからなのでしょう。

米国で拾ってきたとすれば「ベッドの下の男」や「ブラッディー・メアリー」あたりの凡庸な話に違いない——そんな考えを抱いた自分を大いに恥じるとともに、私は鈴木氏の狂気と呼んでも差し支えない飽くなき探究心に、心から敬服したのでした。

読者の皆さんも、私とおなじように本書を読んで〈暗黒に彩られたアメリカ旅行〉を満喫してくださったなら、名ばかりの監修役としてこれほど嬉しいことはありません。妖しい噂の奥に潜む息づかいに、怪事件の陰でうごめく気配に身を震わせながら、ぜひ何度もページを捲ってみてください。そのたびに、奇妙な噂は違う顔を覗かせるはずです。

そうそう、今回はじめて鈴木氏に「何故、都市伝説という単語を頑なに避けるのか」を訊いてみました。実は以前から気になっていたのです。

彼の説明によりますと、いま日本で「都市伝説」と括られているものは、本来の〈アーバン・レジェンド〉ではなく、欧米圏で〈クリーピー・パスタ〉と呼称される、ウェブを中心として伝播した創作が大半を占めているのだそうです。

「それらは似て非なるものなのだけれど、相違が理解されているとは言い難いのが現状。ゆえに自分は都市伝説の四文字を用いないのだ」とは、彼の弁。

私自身、彼の発言の主旨を完全に理解したとは言い難いのですが、この偏執的ともいうべきこだわりが、鈴木呂亜を鈴木呂亜たらしめているのでしょう。ぜひそのまま〈鈴木呂亜〉を貫いてくれることを願ってやみません。世にも奇妙な男よ、永遠なれ。

実録都市伝説～社怪ノ奇録

2019年9月5日　初版第1刷発行

監修　黒木あるじ
著者　鈴木呂亜
企画・編集　中西如（Studio DARA）
発行人　後藤明信
発行所　株式会社 竹書房
〒102-0072 東京都千代田区飯田橋2-7-3
電話03（3264）1576（代表）
電話03（3234）6208（編集）
http://www.takeshobo.co.jp
印刷所　中央精版印刷株式会社

定価はカバーに表示しています。
落丁・乱丁本の場合は竹書房までお問い合わせください。

ISBN978-4-8019-1986-0 C0193